Marliese Arold, geb. 1958, wollte schon als Kind Schriftstellerin werden. Eigentlich ist sie ja Bibliothekarin, aber das findet sie längst nicht so abenteuerlich wie das Geschichten-Ausdenken. Außer „ZM – Streng geheim“ schreibt sie vorwiegend heitere Romane und Tiergeschichten. Sie lebt in Erlenbach am Main.
„Noch aufregender als das Bücherschreiben“, meint sie, „wäre allerdings eine echte Zeitmaschine ...“

ZEIT MASCHINE
STRENG GEHEIM

DIESES BUCH GEHÖRT:

Alexandra
Bemps

Pelikan

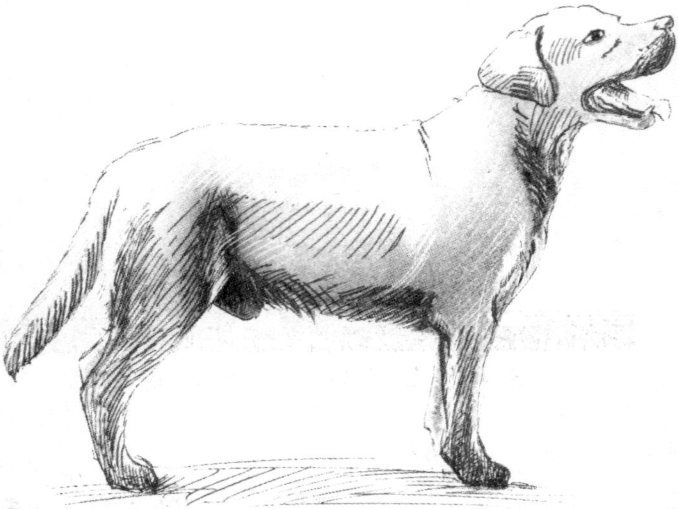

MARLIESE AROLD

DAS TEUFELSLIED VON LÖWENSTEIN

ILLUSTRATIONEN
FRANK ROSENZWEIG

ZEIT MASCHINE

STRENG GEHEIM

DIE ABENTEUERSERIE VON Pelikan

Das Papier dieses Buches wurde ausschließlich hergestellt
aus **chlorfrei** gebleichtem Zellstoff –
der Umwelt zuliebe.

ISBN 3-8144-2316-X

Illustrationen: Frank Rosenzweig
Graphische Gestaltung: Leonore Wienstrath
Gesamtherstellung:
Graphischer Großbetrieb Pößneck GmbH
Ein Mohndruck-Betrieb
Printed in Germany
Auflage 15 14 13 12 11 10 9 8 7 6 5 4 3 2 1

Inhalt

ZEIT MASCHINE

von Marliese Arold

Das sind die Abenteuer:

Die Höhlenmenschen vom Mammuttal
Die geheimnisvolle Goldgräberstadt
Der Smaragd von Bagdad
Die Rache des Druiden
Die Todeselefanten
Die Maske des Piraten
Expedition nach Babylon
Karawane ins Verderben
Wer hat Einstein entführt?
Der Wächter der Pyramide
Die Katastrophe von Pompeji
Falscher Kurs nach Indien
Das Pferd des Schamanen
Im Labyrinth des Stiergottes
Atlantis II: Die Stadt unter dem Meer
Das Teufelslied von Löwenstein

Ambrosius Köhler
(genannt Professor Ambrosius)

Spinner oder Genie? Er ist Professor der Physik und hat früher an Hochschulen unterrichtet. Aber man hat ihn gefeuert. Seither ist der große, hagere Mann mit den grauen Haaren ziemlich launisch und menschenscheu. Auf Fremde macht er keinen besonders freundlichen Eindruck, weil er mit seinen Gedanken meistens woanders ist.

Professor Ambrosius ist der Großonkel von Heike und Michael Jaschke. Viele Jahre lang war er mit der ganzen Verwandtschaft verkracht, und mit etlichen Leuten ist er es auch heute noch, selbst wenn er inzwischen etwas zugänglicher geworden ist.

Seine dicke Hornbrille hat er endlich gegen eine weniger strenge Nickelbrille vertauscht, und auch die Haarlänge ist etwas erträglicher geworden. Seit dem Umzug nach Werthausen hat sich der Professor überhaupt positiv verändert – das findet jedenfalls Frau Schneider, seine Haushälterin. Wenigstens verbringt der Gelehrte nicht mehr die ganze Zeit in seinem muffigen Keller, sondern ist viel an der frischen Luft . . .

Frau Schneider ahnt ja nicht, welches Ziel Professor Ambrosius' Spaziergänge haben: Eine Tropfsteinhöhle, die er selbst entdeckt hat. Dort kann er nämlich ungestört seinen Experimenten nachgehen . . .

Und er hat schon Dinge erfunden, da würde mancher vor Neid erblassen . . .

Michael Jaschke

liebt nichts mehr als Krimis und Gruselgeschichten. Bei einem Skelett kann er schon mal schwach werden. Zum Ärger seines Deutschlehrers besitzt Michael eine überschäumende Phantasie. Was in seinen Aufsätzen steht, klingt nicht immer glaubhaft. Aber die Schule ist Michael ziemlich schnuppe. Es gibt wichtigere Dinge, findet der Zwölfjährige. Zum Beispiel die Zeitmaschine des Professors . . .

Mit seinem blonden Haar, den blauen Augen und den unzähligen Sommersprossen sieht Michael seiner Schwester überhaupt nicht ähnlich. Die ist außerdem viel schlanker. Doch richtig dick ist Michael nicht. Höchstens ein bißchen pummelig . . . Aber darauf kommt's ja nicht immer an. Hauptsache, man ist flink im Kopf, und außerdem – soooo unsportlich ist Michael auch wieder nicht! Und andere Leute nachahmen kann er super!

Übrigens ist es gut, wenn wenigstens einer nicht gleich den Humor verliert. Denn bei manchen Abenteuern kann dem Professor und den Kindern das Lachen schon vergehen . . .

Heike Jaschke

schwärmt für Tiere, besonders für Pferde. Von Skeletten hält die Vierzehnjährige nicht viel – im Gegensatz zu ihrem Bruder.

Heike ist groß und schlank, hat grüne Augen und braunes Haar, das sie meistens zu einem Pferdeschwanz zusammenbindet.

Heike kann gut zeichnen, und in der Schule ist sie eine der Besten. Sie bildet sich jedoch nichts darauf ein. Hochnäsigkeit kann sie nicht leiden. Überhaupt ist Heike ein echter Kamerad und verliert selbst in den heißesten Situationen nicht den Kopf – auch wenn ihr das Herz manchmal ziemlich flattert.

Thomas Pahl

Thomas ist fünfzehn Jahre alt, groß und schlaksig. Seine Locken sind so dunkel wie Moorteufels Fell. Moorteufel ist ein prächtiger Labradorhund, und seine Spürnase ist einzigartig. Moorteufel ist das letzte Geschenk von Thomas' Vater, der viel zu früh gestorben ist. Inzwischen hat Thomas' Mutter wieder geheiratet, aber mit seinem Stiefvater versteht sich Thomas nicht und geht ihm lieber aus dem Weg.

Thomas interessiert sich für Technik und kann scharf kombinieren. Etwas waghalsig ist er manchmal schon, und ab und zu schießt er auch übers Ziel hinaus. Trotzdem kann man mit ihm Pferde stehlen und sich auf sein Wort voll verlassen.

Früher hat Thomas direkt neben dem Professor gewohnt, und so hat er Heike und Michael kennengelernt. Inzwischen sind die drei unzertrennlich. Ganz klar, ohne sie wäre Professor Ambrosius ganz schön aufgeschmissen! Der hat nämlich ein Talent, von einer verzwickten Lage in die nächste zu geraten . . .

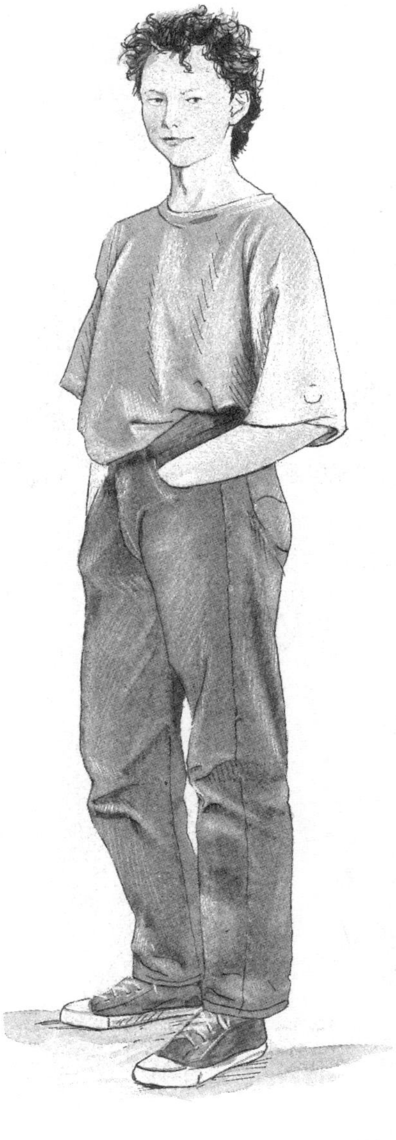

Rockkonzert mit Pannen

„Wir müssen los", drängte Thomas und warf einen Blick auf seine Armbanduhr.

„Gleich fertig", ertönte es aus dem Badezimmer, in dem sich Heike schon seit einer halben Stunde verschanzt hatte.

„Der Bus fährt gleich ab", mahnte Michael.

Die drei wollten zu einem Rockkonzert nach Reutlingen. Es spielten die *Pelicans*, eine Gruppe aus Hannover. Mit ihrem Hit „Ink of Change" hatten sie einen internationalen Erfolg gelandet. Mike Fay, der Sänger, war Heikes Lieblingsstar. Als sie gehört hatte, daß er nach Reutlingen kommen würde, war sie völlig aus dem Häuschen geraten. Doch nirgends waren mehr Karten erhältlich gewesen. Gestern vormittag war es Professor Ambrosius durch Zufall gelungen, für seine drei Gäste Plätze in der ersten Reihe zu ergattern. Daß der Erfinder die Karten nicht nur besorgt, sondern auch spendiert hatte, rechneten Heike, Michael und Thomas ihm hoch an.

„Was ist denn mit dir passiert?“ Thomas grinste, als Heike aus dem Badezimmer kam.

Sie trug keinen Pferdeschwanz wie sonst. Üppiges Lockengekräusel umgab ihren Kopf, und das Haar hatte einen rötlichen Schimmer. Die Augen waren schwarz umrandet, und auf den Lidern glitzerte es.

„Du siehst um Jahre älter aus“, stellte Michael fest. „Hat Onkel Ambrosius Zeitexperimente mit dir gemacht?“

„Quatsch nicht so dumm!“ fauchte Heike ihren Bruder an.

„Alles wegen Mike Fay“, stichelte Michael. Er wandte sich an seinen Freund. „Du hast keine Ahnung, wie ihr Zimmer aussieht. Lauter Poster von den *Pelicans.* Mike Fay auf der Bühne, auf dem Surfbrett, auf dem Motorrad ...“

„Ich wußte gar nicht, daß du auf dunkle Locken abfährst“, murmelte Thomas. „Ich hab’ übrigens auch welche, falls du das noch nicht bemerkt hast.“

Heike wurde rot. „Ich finde die Musik toll, das ist alles. Und jetzt laßt uns gehen, sonst kommen wir noch zu spät.“

„Davon reden wir ja schon seit ’ner halben Stunde.“ Michael angelte seine Jacke vom Garderobenhaken. Plötzlich griff er sich ins Gesicht. „So ein Mist!“ näselte er. „Jetzt hab’ ich Nasenbluten.“

Thomas reichte ihm geistesgegenwärtig ein Taschentuch. Michael wankte ins Bad und hielt dort seinen Kopf übers Waschbecken. Frau Schneider, die Haushälterin des Professors, eilte besorgt herbei.

„Nichts hilft besser gegen Nasenbluten als Eiswürfel“, verkündete sie.

„Aber nicht ins Genick“, wehrte sich Michael, der bereits schlechte Erfahrungen mit Frau Schneiders Hausmitteln hatte. Doch zu spät! Widerliche Eiseskälte breitete sich in seinem Nacken aus. Der Eiswürfel schmolz, und ein kaltes Rinnsal lief ihm den Rücken hinab.

„Der Bus", drängte Thomas. „Wir müssen los. Der Abendbus nach Reutlingen hat nie Verspätung. Er kommt eher zu früh."

„Das Bluten hat schon aufgehört", behauptete Michael und nahm das Tuch von der Nase. Ein roter Tropfen klatschte auf den weißen Beckenrand.

„Aufgehört! Von wegen!" schnaubte Frau Schneider. „Du mußt fünf Minuten lang die Nasenflügel zusammenpressen."

„In fünf Minuten ist der Bus über alle Berge", stöhnte Michael.

„Aber du kannst nicht mit Nasenbluten weg", bestimmte Frau Schneider. „Erst muß die Blutung stoppen. Wenn sie nicht aufhört, mußt du zum Arzt. Möglicherweise ist eine größere Ader geplatzt."

Heike trat unruhig von einem Fuß auf den anderen.

„Geht ruhig ohne mich los", murmelte Michael gequält und verdrehte die Augen. „Ihr braucht wirklich nicht zuzusehen, wie es hier mit mir zu Ende geht. Grüßt die *Pelicans* von mir. Zu meinem Begräbnis sollen sie die ersten beiden Strophen von ‚Ink of Change' spielen."

Professor Ambrosius, angelockt von dem Durcheinander im Gang, kam herbei. Er hatte die geistesabwesende Miene, die die Kinder so gut an ihm kannten. Mit seinen Gedanken war er wieder bei irgendwelchen Erfindungen.

Als er Michael sah, erbleichte er. „Was ist passiert? Soll ich einen Krankenwagen alarmieren?"

„Lieber gleich ein Beerdigungsinstitut", ächzte Michael mit Grabesstimme.

„Oder ein Taxi", meinte Thomas. „Der Bus nach Reutlingen dürfte nämlich jetzt weg sein."

„Ach so, ihr wolltet ja zu diesem Rockkonzert", erinnerte sich der Professor. „Ich bin mit meiner Arbeit inzwischen fertig geworden und kann euch hinbringen."

Heike flog ihm an den Hals. „Onkel Ambrosius, du bist ein Schatz!"

„Wenn du mich erdrückst, kann ich nicht mehr Auto fahren", jammerte der Erfinder.

„Wir schaffen es also doch noch." Thomas seufzte und lehnte sich an die Wand. Heike lächelte ihm erleichtert zu.

„Kann ich jetzt endlich aufhören?" fragte Michael.

Frau Schneider kontrollierte ihre Uhr. „Es sind erst drei Minuten!"

„Wetten, daß es nicht mehr blutet?"

„Fünf Minuten und keine Sekunde weniger!"

Michael murmelte etwas, was wie „Oberspinatwachtel" klang. Frau Schneider überhörte die Spitze, aber Professor Ambrosius stieß ein entsetztes „Verflixt und zugenäht!" aus.

„Was ist?" fragte Heike erschrocken.

„Mir fällt gerade ein, daß ich die Batterie aus meinem Solarmobil ausgebaut habe. Das Auto kann gar nicht fahren – und es dauert mindestens eine dreiviertel Stunde, bis ich das Ding wieder ordentlich drin habe."

Heike stöhnte. Alles war wie verhext! Sie hatte sich ganz umsonst auf die *Pelicans* und Mike Fay gefreut. Die Karten würden verfallen.

„Jetzt hat das Nasenbluten aufgehört", erklärte Frau Schneider mit Befriedigung.

„Vielleicht könnten wir doch mit einem Taxi fahren", schlug Thomas vor, dem die Panik auf Heikes Gesicht nicht entgangen war. Doch der Professor schüttelte den Kopf und machte hinter Frau Schneiders Rücken ein paar Zeichen. Thomas zog erstaunt die Augenbrauen hoch.

„Ich bring' euch mit der Zeitmaschine hin", signalisierte der Erfinder mit lautlosen Lippenbewegungen.

Michael begriff und grinste. „Dann ist ja alles in Ordnung."

„Nichts ist in Ordnung", widersprach Heike, die die stumme Zwiesprache nicht mitbekommen hatte. Verzweifelt sagte sie: „Wir könnten die Fahrräder nehmen."

„Fahrräder“, protestierte die Haushälterin sogleich. „Jetzt am Abend und bei dem Verkehr! Das ist purer Leichtsinn!“

„Lassen Sie nur, Frau Schneider“, versuchte der Erfinder sie zu beschwichtigen. „Das geht schon klar.“

Frau Schneider schnaubte voller Entrüstung. „Bitte. Ganz, wie Sie meinen. *Meine* Kinder sind es ja nicht. *Sie* sind der Großonkel von Heike und Michael, und wenn Sie die Sache vor ihren Eltern verantworten können ...“

Sie konnte es nun mal nicht leiden, wenn man ihr widersprach. Beleidigt dampfte sie in Richtung Wohnzimmer ab.

Professor Ambrosius zuckte mit den Achseln. „Das gibt sich schon wieder. Übrigens habe ich eine Überraschung für euch.“

„Eine Überraschung?“ wiederholte Heike zerfahren. Sie hatte im Moment nur das Konzert im Kopf. „Was denn?“

Der Professor holte triumphierend eine Fernbedienung aus seiner Hosentasche. Aus der anderen zog er eine zweite, und aus seiner Jackentasche kam eine dritte zum Vorschein. „Das war schon längst fällig.“

Michaels Augen leuchteten. „Für jeden von uns eine? Toll!“

„Wie oft sind wir in Schwierigkeiten geraten, weil wir nur eine einzige Fernbedienung für die Zeitmaschine hatten“, erklärte der Professor. „Ich hoffe, derartige Probleme bleiben uns in Zukunft erspart. Bitte geht nicht leichtfertig damit um. Ihr wißt ja, was alles passieren kann.“

Das wußten Heike, Michael und Thomas wirklich zur Genüge. Zeitreisen ließen sich mit keinen anderen Reisen vergleichen. Es war die abenteuerlichste Fortbewegungsart, die man sich vorstellen konnte.

„Können wir die Zeitmaschine gleich herbeiholen?“ fragte Michael aufgeregt. „Im Garten, hinter der Garage?“

„Ja, dann sparen wir uns den Weg zur Tropfsteinhöhle“, ergänzte Thomas.

Der Professor zögerte. „Und was ist mit Frau Schneider?“

Die Haushälterin hatte nämlich keine Ahnung von der Zeitmaschine und all den Abenteuern, die Professor Ambrosius und die Kinder bereits damit erlebt hatten.

Heike lauschte. „Der Fernseher läuft“, stellte sie fest.

„Traummann & Co“, sagte Michael. „Frau Schneiders Lieblingssendung. Die rührt sich in der nächsten halben Stunde nicht vom Fleck, selbst wenn in der Küche der Herd explodiert.“

Der Garten lag in der Abendsonne. Es war noch immer sehr warm. Heike blickte prüfend zum Himmel. Zum Glück waren keine Gewitterwolken zu sehen. Das fehlte noch, daß Donner und Blitz das Rockkonzert verdarben.

Professor Ambrosius schaute zum Nachbarhaus. Die Rollläden waren geschlossen, die Besitzer verreist.

„In Ordnung“, sagte er. „Ich denke, wir können es riskieren. Michael, du weißt, wie man mit der Fernbedienung umgeht?“

Der Junge nickte. Er hatte das Gerät bereits in der Hand. Er tippte eine Zahlenkombination ein, wie er es schon oft beim Professor gesehen hatte.

Einige Sekunden lang geschah gar nichts. Dann fing der schwarze Labradorhund Moorteufel an zu knurren.

„Ruhig“, mahnte Thomas und streichelte das Tier.

„Ich glaube, du hast die falschen Knöpfe gedrückt“, murmelte Heike.

Da flimmerte die Luft. Die ovalen Umrisse der Zeitmaschine tauchten auf. Eine Sekunde lang war das Gefährt noch durchsichtig, dann verdichteten sich die Wände, und die Maschine stand vor ihnen.

„Na also“, sagte Michael zufrieden. „Hat doch wunderbar geklappt.“ Er steckte die Fernbedienung in seine Hosentasche.

Der Professor und die Kinder kletterten in die Zeitmaschine. Moorteufel sprang mit einem großen Satz auf einen Sitz.

„He“, sagte Thomas, „ins Konzert darfst du aber nicht mit, mein Lieber, ich sag’s dir gleich.“

„Ich werde mit ihm inzwischen ein Stück spazierengehen“, versprach der Erfinder. „Etwas Bewegung tut uns beiden gut.“ Er streckte seinen Rücken und stöhnte. „Ich sitze wieder viel zuviel in der letzten Zeit.“

„Was soll ich da erst sagen?“ ertönte eine Stimme aus dem Lautsprecher am Armaturenbrett. Es war Archie, der Computer der Zeitmaschine, der sich da zu Wort gemeldet hatte. Archie war eine Künstliche Intelligenz und reagierte manchmal sehr menschlich.

„Ich kann mich nicht aus eigener Kraft fortbewegen, ich kann niemals das Gehäuse verlassen. Wie sehne ich mich danach, Arme und Beine zu haben, um wie ein Mensch umhergehen zu können.“

Michael und Heike wechselten einen überraschten Blick. So hatten sie Archie noch nie reden gehört!

„Ich habe lange nachgedacht“, fuhr Archie fort, und der Bildschirm schaltete sich ein. „Wäre ich ein Mensch, wollte ich so aussehen.“ Auf dem Monitor erschien das Bild eines sympathischen jungen Mannes.

„Oder lieber so?“ fragte Archie. Ein Schwanken in seiner Stimme verriet seine Unsicherheit.

Der junge Mann verwandelte sich in eine blonde Frau, die den Professor und die Kinder anlächelte.

„Oder so?“

Die Frau wurde zu einem bärtigen Herrn mit Brille.

„Ich kann mich nicht recht entscheiden“, seufzte Archie.

„Entschuldige, Archie“, sagte der Professor höflich. „Natürlich habe ich Verständnis für deine Probleme. Aber können wir nicht ein andermal darüber reden?“

„Ganz wie Sie wünschen“, kam es ein wenig beleidigt von Archie.

„Bring uns nach Reutlingen“, befahl der Professor. „Ganz fix, aber ohne Zeitverschiebung. Heike, Michael und Thomas wollen heute abend ein Rockkonzert besuchen.“

Archie wurde munter. „Ein Rockkonzert?“ Seine Stimme klang interessiert. „Wer spielt denn?“

„Mike Fay und die *Pelicans*“, antwortete Michael.

„Oh.“

„Es ist ein ausdrücklicher Wunsch von Heike“, betonte Michael. „Sie steht nämlich unheimlich auf ...“

„Ich stehe auf niemanden, du Blödian“, widersprach Heike heftig.

„... die Musik“, beendete Michael den Satz.

„Mike Fay“, wiederholte Archie andächtig. „Da möchte ich gerne dabeisein. Warum kann ich nie ein Konzert besuchen? Warum bin ich kein Roboter? Warum bin ich nur ein armer, einsamer Computer?“

Der Erfinder blickte hilflos zu den Kindern. Thomas hob die Schultern. Archie schien im Moment wirklich einen Tick zu haben.

„Wenn wir noch lange herumstehen, kommen wir doch noch zu spät“, drängte Heike und trat ungeduldig von einem Fuß auf den anderen.

„Es muß herrlich sein, in ein Konzert zu gehen“, fuhr Archie fort. „Und noch herrlicher, auf der Bühne zu stehen und zu singen. Stellt euch vor: Tausende von Leuten kämen nur wegen mir.“ Es klang sehnsüchtig.

„Wir schenken dir das neueste Album von den *Pelicans* zu Weihnachten“, schlug Michael vor. „Doch bitte bring' uns jetzt endlich nach Reutlingen, ja?“

„Aber lande an einer unauffälligen Stelle“, befahl der Professor. „Wir wollen kein unnötiges Aufsehen erregen.“

„Sehr wohl, mein Schöpfer“, antwortete Archie. Die Einstiegsluke glitt zu. „Nach Reutlingen ...“

Die Fahrt dauerte kaum länger als einen Wimpernschlag. Die Zeitmaschine landete in einem Park. Archie hatte einen guten Platz zwischen dichtbelaubten Büschen gewählt. Niemand achtete auf das glitzernde Gefährt, obwohl etliche Spaziergänger unterwegs waren.

„Ob die alle ins Konzert wollen?“ fragte Heike mit klopfendem Herzen.

„Zum Glück gibt's noch ein paar vernünftige Leute, denen die *Pelicans* egal sind“, entgegnete Professor Ambrosius und kletterte hinter Heike aus der Maschine. „Mich zum Beispiel. Also auf, Moorteufel, wir beide vertreten uns die Beine, während sich die anderen die Ohren mit Musik volltönen lassen. Die Zeitmaschine schicke ich inzwischen in die fünfte Dimension, damit keiner auf die Idee kommt, eine kleine Spritztour damit zu unternehmen.“

Er wartete, bis alle ausgestiegen waren, dann drückte er auf eine Taste seiner Fernbedienung. Die Zeitmaschine löste sich in Luft auf. „Bis nachher! Und viel Spaß mit Mike Fay!“

Die Halle war zum Bersten voll. Die riesige Leinwand, die quer über die Bühne gespannt war, versprach eine tolle Show. Heike, Michael und Thomas saßen auf ihren Plätzen in der vordersten Reihe. Heike konnte es kaum aushalten. Am liebsten wäre sie vor lauter Ungeduld aufgesprungen und herumgelaufen. Aber die Band mußte jeden Moment erscheinen.

Den anderen Zuschauern erging es ähnlich. Neben Heike saß ein Mädchen, das vor lauter Aufregung ganz grün im Gesicht war. Es hielt krampfhaft ein Taschentuch in der Hand und wandte keinen Blick von der Bühne. Ein anderes Mädchen, wohl die ältere Schwester, trug ein T-Shirt, auf dem die *Pelicans* abgebildet waren.

Die Spannung war beinahe unerträglich. Die Rockgruppe ließ auf sich warten, und das Publikum wurde allmählich ungeduldig. Einige Rufe wurden laut, aus den hinteren Reihen pfiffen Fans die ersten Takte von „Ink of Change“.

„Die *Pelicans* versetzen uns“, prophezeite Michael düster. „ErstneulichhabensieeinKonzertinHamburggeschmissen.“

„Da waren die *Panthers*, du Idiot“, schnaubte Heike. „Wenn du die Gruppen verwechselst, ist dir auch nicht mehr zu helfen.“

Michael verdrehte die Augen. „Fragt sich, *wem* von uns nicht mehr zu helfen ist.“

In diesem Augenblick zuckte ein gewaltiger Lichtblitz über die Bühne. Ein Trommelwirbel setzte ein, und aus einer Bodenluke quoll goldgelber Nebel, der die ganze Bühne einhüllte.

„Sie kommen“, kreischte das Mädchen mit dem T-Shirt.

Heike hielt den Atem an. Der goldene Nebel lichtete sich – und die *Pelicans* standen auf der Bühne!

Das Publikum jubelte und tobte.

„Wer von denen ist denn nun Mike Fay?“ fragte Michael.

„Der in der Mitte.“ Heike konnte nur krächzen. Die Aufregung überwältigte sie. Da war er tatsächlich – nur wenige Meter von ihr entfernt – er, Mike Fay, den sie bisher nur von Plakaten und Platten her kannte. Einmal hatte sie ihn im Fernsehen gesehen, aber das Bild war ärgerlicherweise total verschneit gewesen – weiß der Kuckuck, warum.

Er sah in Wirklichkeit älter aus als auf den Plakaten, aber die Fans waren hingerissen. Mike trug einen hautengen Glitzeranzug, das Hemd war weit aufgeknöpft. Im linken Ohr baumelte ein goldener Ring. Sein Blick war ernst und konzentriert. Heike bemerkte, wie Schweißperlen von seiner Stirn rannen und sich in den buschigen Brauen sammelten.

‚Ganz klar – Lampenfieber‘, dachte sie.

Mike griff nach dem Mikrophon, schlug einen Akkord auf seiner Elektrogitarre an und zeigte dann sein jungenhaftes Lächeln, das den Fans von den Plattencovers vertraut war. Er sprach ein paar Begrüßungsworte ins Mikrophon, doch der Lärm war so groß, daß keiner etwas verstehen konnte. Mike lächelte entschuldigend und hob die Schultern.

In diesem Moment kippte das Mädchen neben Heike ohnmächtig vom Stuhl. Hilfreiche Sanitäter sprangen herbei und trugen es hinaus. Heike merkte, wie es ihr ebenfalls schwummrig wurde. Sie klammerte sich an ihrem Sitz fest.

Auf der Bühne begann nun eine tolle Lichtshow. Mike

ließ seine Finger über die Gitarre gleiten und wandte sich nach rechts an den Schlagzeuger.

„Okay, Frank?“

Frank nickte. Sein Gesicht verschwand fast unter den langen blonden Haaren.

„Rolf?“

Der schnurrbärtige Mann am Keyboard grinste breit, hob die Hand und zeigte mit Daumen und Zeigefinger einen Kreis.

„Volker?“

Der Typ mit der Baßgitarre warf schwungvoll sein Haar zurück.

„Wow – alles okay!“ Mike rückte das Mikrophon zurecht. „Wir spielen zuerst einen Song, der schon ein paar Jahre alt ist, aber der an Aktualität nichts eingebüßt hat: ‚No Time for Anything‘.“ Die Fans kreischten vor Begeisterung. Die Stimmung wurde durch den harten, schnellen Rhythmus rasch angeheizt. Selbst Michael vergaß seine spöttischen Bemerkungen und blickte fasziniert auf die Bühne. Die Melodie war anfangs hektisch und monton.

„I wanna do a lot of things,
but there is no time,
no time for anything ...“

Heike verstand kaum die Hälfte des englischen Textes. Der Refrain aber schnitt ins Herz. Der Rhythmus wechselte, der Song wurde langsam und gefühlvoll. Mikes Augen glitzerten.

„Take me away ...“

Heike fühlte einen Schauder. Ja, das war die Stimme, die sie so gut von den Platten kannte. Sie hatte den Eindruck, gleich abheben zu müssen. Es war einer ihrer Lieblingssongs, obwohl sie den hektischen Anfang nicht mochte. Mikes Blick glitt über das Publikum. Einen Augenblick lang schien es, als schaute er Heike an. Ihr Herzschlag setzte aus. In diesem Moment war ihr alles egal. Sie hätte die Zeitmaschine dafür eingetauscht, mit den *Pelicans* auf Tournee zu gehen. Schule, Professor Ambrosius, ihre Freunde – nichts hatte mehr Bedeutung ...

Ein Rippenstoß brachte sie wieder zur Besinnung.

„Mann, was ist mit dir los?“ schnauzte Michael seine Schwester an. „Ist dir schlecht oder was?“

„Laß mich in Ruhe!“ fauchte Heike. Sie hatte sich gerade himmlisch gefühlt. Aber jetzt war der magische Augenblick natürlich dahin. Mike blickte längst in eine andere Richtung. Er lächelte sogar. Heike kämpfte gegen die Enttäuschung an. Wieder mußten ein paar ohnmächtige Mädchen hinausgeschleppt werden.

Als nächster Song folgte „Tornado“, danach kam endlich der Hit „Ink of Change“. Die Stimmung war großartig. Farbige Scheinwerfer sorgten für einen phantastischen Lichtwechsel. Dunkelblauer Nebel kroch über die Bühne, es wurde fast finster, nur ein Glitzern und Glänzen deutete an, wo Mike Fay stand. Seine Stimme dagegen kam aus den unzähligen Lautsprechern, die überall angebracht waren – ein Rundum-Sound.

„I know you don't love me anymore ...“

Auch Michael wurde mitgerissen. Die Musik erfaßte alles, vibrierte in seinem Kopf, in den Armen und Beinen. Er verstand jetzt, warum der Song ein so großer Erfolg geworden war. Man konnte sich der Faszination einfach nicht entziehen.

„I want to go ...“

Michael rutschte fast vom Sitz. Er faßte nach und spürte etwas ungewohnt Hartes in seiner Hosentasche. Automatisch griff er hinein. Ach so, bloß die Fernbedienung.

Doch als seine Finger die Tastatur berührten, geschah etwas Furchtbares. Ein Blitz zuckte durch die Luft – eine gelbe Schlange, die sich um Mike Fay und seine Elektrogitarre wickelte. Gleichzeitig ertönte ein metallisches Knistern. Einen Sekundenbruchteil lang sah Michael, wie Mike Fay durch die Luft flog, sich überschlug und in einer gelben Lichtscheibe verschwand.

Verschollen in der Zeit

Es war bitterkalt. Schneeflocken trieben durch die Luft. Eine davon setzte sich auf seine Nasenspitze und zerschmolz dort zu Wasser.

Mike öffnete blinzelnd die Augen zu einem Spalt und riß sie dann ganz auf. Auf sein Gesicht trat ein ungläubiger Ausdruck. Über ihm trieben tiefe graue Wolken. Links und rechts erhoben sich kahle Bäume. Auf einem davon hockte ein riesiger Rabe, der argwöhnisch zu ihm herüberspähte.

Mike stöhnte, setzte sich auf und blickte sich fassungslos um. „Das kann nicht wahr sein ... Träume ich, oder bin ich verrückt geworden?"

Er saß mitten auf einem Feldweg. An beiden Seiten hatten sich Wagenspuren tief in die Erde gegraben. Schnee vermischte sich mit Schlamm. Mike schüttelte den Kopf. Er hatte doch nichts getrunken. Vor Konzerten rührte er grundsätzlich keinen Alkohol an. Und trotzdem …

„Das gibt's nicht“, murmelte er. „Das kann gar nicht wahr sein.“ Er griff nach der Elektrogitarre, die auf seinen Beinen lag. Das Ding war fest und wirklich. Dann langte er in den Schnee. Der war auch echt, kalt und naß. Mike zog rasch seine Finger zurück. Jetzt spürte er auch, wie die Kälte durch seinen Glitzeranzug drang. Dieser war zwar gut für die Bühne, aber ein bißchen zu dünn für Schneepartien. Außerdem war er nicht wasserdicht. Mike rappelte sich mühsam hoch.

Keine Bühne weit und breit. Keine Spur von den *Pelicans.* Nur dieser dumme Rabe, der Mike auf Anhieb unsympathisch war. Mike drehte sich um. Ein Stück entfernt erhob sich ein Hügel. Darauf stand ein Holzgestell, das unschwer als Galgen erkennbar war. Mike zog fröstelnd die Schultern hoch. Er befahl sich, cool zu bleiben. Es war nutzlos, jetzt die Nerven zu verlieren. War er nicht jahrelang darauf trainiert, sich durch nichts aus der Ruhe bringen zu lassen? Die nervtötenden Fans, der Ärger mit der Plattenfirma und die unerfreulichen Auseinandersetzungen, als die Gruppe ihren Manager gewechselt hatte. Man mußte sich einfach ein dikkes Fell anschaffen, um all die Unannehmlichkeiten zu ertragen, die Berühmtheit eben mit sich brachte.

Aber mit einer derartigen Situation wie jetzt hatte Mike nie gerechnet. Gut, bei seinem stressigen Job gab es schon gelegentliche Blackouts. Manchmal erwachte er morgens in einem fremden Hotel und konnte sich beim besten Willen nicht mehr daran erinnern, in welcher Stadt die *Pelicans* gerade gastierten. Solche Dinge waren verständlich, ja eigentlich normal.

Nicht aber das!

Mike Fay versuchte sich ins Gedächtnis zurückzurufen, was er zuletzt gegessen und getrunken hatte. Vielleicht hatte man ihm unbemerkt etwas hineingemischt, beispielsweise ein Mittel, das Halluzinationen hervorrief. Und deswegen bildete er sich jetzt ein, auf einem verschneiten Weg vor einem Galgenhügel zu stehen. „Yeah, so muß es sein", brummte Mike. Die Halluzination – wenn es eine war – war aber verflixt wirklichkeitsgetreu, sonst würde er nicht so entsetzlich frieren. Zähneklappernd schlang er die Arme um seine Schultern. Dabei glitt die Elektrogitarre in den Schnee. Als sich Mike bückte, um das teure Instrument aufzuheben, erblickte er plötzlich zwei Paar Stiefel vor sich. Beide waren in einem jämmerlichen Zustand: Naß, schmutzig und voller Löcher.

Mike schluckte. Sein Blick glitt langsam höher. Vier Waden mit groben, löchrigen Beinlingen, darüber eine Art Rock und etwas, das man eher als Wams anstatt Pullover bezeichnen konnte. Dann die zwei häßlichsten Gesichter, die er je im Leben gesehen hatte ... Obwohl Mike Fay die beiden Männer um gut zwei Kopfeslängen überragte, geriet er aus der Fassung. Ein ungutes Gefühl stieg in ihm hoch.

„Was gibt's?" fragte er betont munter und zwang sich zu einem Lächeln. „Wollt ihr ein Autogramm haben?"

Die Männer schauten sich an und wechselten einige Worte, die Mike nicht verstand, obwohl die Silben zum Teil vertraut klangen.

„Seid ihr Holländer?" fragte er und runzelte die Stirn. „Belgier? Schweizer?"

Er erhielt keine Antwort. Einer der Männer, dessen Nasenbein im Laufe seines Lebens mindestens zweimal gebrochen war, grinste schief und entblößte dabei ein paar braune Zahnstummel. Der andere riß Mike blitzschnell die Gitarre aus der Hand und schlug sie mit aller Wucht auf seinen Kopf. Das Instrument zersplitterte.

Mike sank bewußtlos in den Schnee. Die beiden Räuber durchsuchten ihn in aller Hast. Einer nahm ihm den goldenen Ohrring weg, der andere streifte ihm die Schuhe ab und zog ihm den Glitzeranzug aus. Sie hätten ihn vielleicht noch seiner Unterhose beraubt, doch in diesem Moment sahen sie

eine Gestalt, die hinter dem Hügel hervorkam. Es war ein Mönch, der ein mageres Maultier hinter sich herzog.

Die beiden Wegelagerer stopften ihre Beute rasch in einen Sack und machten sich hastig querfeldein davon, ohne sich noch ein einziges Mal nach ihrem armen Opfer umzudrehen.

„Es ist gerade etwas Entsetzliches passiert“, flüsterte Michael Heike zu.

Sie sah ihren Bruder entgeistert an, aber schien den Sinn seiner Worte gar nicht richtig zu erfassen. Sie blickte wieder zur Bühne, auf der sich der blaue Nebel lichtete. Der Platz von Mike Fay war leer. Nach wie vor spielte die Band „Ink of Change“, aber niemand sang mehr dazu.

Das Publikum tobte vor Begeisterung. Ein toller Gag, einfach von der Bühne zu verschwinden! Michael bemerkte jedoch, daß die *Pelicans* verunsichert waren. Etwas lief nicht so, wie es sollte. Volker sah zu Rolf hinüber. Dieser hob die Schultern und schüttelte den Kopf. Frank am Schlagzeug kam aus dem Rhythmus und brauchte einige Sekunden, um das Tempo wiederzufinden. Schließlich rückte Rolf das Mikrophon zurecht, grinste ins Publikum und verkündete:

„Tja, unser Mike hat wieder mal für eine Überraschung gesorgt. Vermutlich will er nur einen Schluck Wasser trinken. Beim letzten Konzert war's ähnlich, da hat er sich die Finger blutig gespielt und brauchte ein Pflaster. Wir machen halt ein paar Minuten ohne ihn weiter. – Volker“, er schaute sich um nach dem Bassisten, „wollen wir unsere neueste Nummer bringen, die noch auf keiner Platte zu hören ist?“

Volker nickte zögernd.

„Frank?“

Der Schlagzeuger blickte auf. Er sah blaß aus. In seinem Gesicht stand deutlich Betroffenheit.

„Leg mal ordentlich los, Junge! Der Song geht schließlich auf dein Konto.“

Frank lächelte und wählte einen neuen Rhythmus, zunächst zögernd, doch dann immer kräftiger.

Rolf wandte sich wieder dem Publikum zu. „Der brandneue Titel heißt übrigens ‚Paint on‘.“

Der Rhythmus ging ins Blut. Rolf übernahm den Gesang, und er machte es gar nicht schlecht. So spielte die Band weiter und tat vor dem Publikum so, als sei nichts geschehen.

Michael dagegen fühlte sich hundeelend. Er wußte, daß irgend etwas Fürchterliches mit Mike Fay passiert war. Und er war daran schuld, weil er versehentlich die Tasten der Fernbedienung berührt hatte! Verzweifelt zupfte er Heike am Ärmel.

„Was ist denn dauernd?“ knurrte Heike ungnädig. „Herrje, bist du lästig! Das Klo muß irgendwo links sein, wenn du das wissen willst.“

„Ich bin schuld“, ächzte Michael. „Er ist wegen mir verschwunden! Kapierst du? Es hat irgendwelche Zeitschwingungen gegeben.“

Das elende Aussehen ihres Bruders machte Heike schließlich stutzig. „Was redest du da?“

Michael wiederholte, was er gesagt hatte.

„Pst!“ schimpfte jemand hinter ihnen. „Könnt ihr nicht endlich die Klappe halten?“

Jetzt mischte sich Thomas ein. Auch ihm war Michaels Zustand nicht entgangen. „Was ist passiert?“

„Ich hab’ auf die Fernbedienung gedrückt“, stammelte Michael. „Und da hat es ihn einfach weggefetzt!“ Vor lauter Panik standen ihm die Tränen in den Augen. Das hatte er nicht gewollt! Er konnte sich auch nicht erklären, wie es passiert war. Vielleicht stimmte etwas nicht mit der Fernbedienung. Genaueres konnte nur Professor Ambrosius feststellen. Sie mußten auf der Stelle mit ihm reden und ihm vom Verschwinden des Rocksängers berichten!

„Vielleicht gehört der Trick doch bloß zur Bühnenshow“, versuchte Thomas seinen Freund zu beruhigen, doch Michael schüttelte den Kopf.

„Thomas, ich schwöre dir, der Blitz entstand im gleichen Moment, als ich die Fernbedienung berührte. Und ich habe gesehen, wie Mike durch die Luft gewirbelt ist. Das war kein Trick. Das bringt keiner fertig.“ Er schluchzte auf. Es war einfach zuviel. Dabei verlor Michael nicht so schnell die Nerven. Jetzt aber war er völlig fertig.

Heike legte tröstend den Arm um die Schulter ihres Bruders. „Okay, dann erzählen wir eben Onkel Ambrosius was passiert ist. Der weiß bestimmt einen Rat, und alles kommt in Ordnung.“

Es war nicht einfach, zum Ausgang zu gelangen. Ein Sanitäter bot seine Hilfe an, weil er vermutete, Michael sei übel geworden. Doch der Junge schüttelte nur den Kopf.

„Danke, es geht schon.“

Heike hatte sich inzwischen von Michaels Panik anstekken lassen. Vielleicht war Mike Fay für immer verschwunden! Dann würde es keine neuen Songs mehr geben, er würde nie mehr auf der Bühne auftreten …

Wenig später erreichten die drei den Park, wo sie Professor Ambrosius zurückgelassen hatten. Doch zu ihrer Enttäuschung war niemand zu sehen.

„Immer, wenn man ihn braucht, ist er nicht da“, schimpfte Michael.

„Er wollte doch mit Moorteufel spazierengehen“, erinnerte sich Thomas.

„Herrje, und warum marschiert er deswegen kilometerweit?“ stöhnte Michael, ließ sich auf eine Bank fallen und vergrub sein Gesicht in die Hände. Die Sache schaffte ihn total. Die Tatsache, daß er schuld am Verschwinden des Rockstars war, belastete ihn sehr. Wenn es nicht gelang, Mike Fay zurückzuholen, würde er sich nie wieder seines Lebens freuen können, soviel war sicher.

Es raschelte im Gebüsch, und ein schwarzer Schatten schlüpfte heraus. Es war Moorteufel. Bellend sprang er an Thomas hoch.

„Was fällt dir ein, uns so zu erschrecken?“ beschwerte

sich Michael. „Wir haben heute abend schon einen Schock bekommen, der reicht uns für die nächsten paar Jahre.“

„Na, na“, tadelte der Professor, der hinter Moorteufel herkam, „was ist denn passiert? War das Konzert ein Reinfall?“

„Die *Pelicans* waren große Klasse“, widersprach Heike. „Mike Fay war sogar Spitze. Er wird immer besser. Aber jetzt“, sie stockte, „jetzt ist er weg.“

„Und ich bin schuld“, ergänzte Michael und schluchzte auf. Der Professor sah von einem zum anderen. „Nun mal langsam. Ihr wollt mir doch nicht erzählen, daß ihr in irgendein Kidnapping verwickelt seid?“

„Es war ganz anders“, berichtete Michael. Er schniefte und wischte sich mit der Hand übers Gesicht. „Sie spielten gerade ‚Ink of Change‘, die Bühne war fast dunkel, und überall war … äh, du weißt schon, so ’n künstlicher Nebel …“

„Es sah toll aus“, murmelte Heike.

„… und ich spürte auf einmal was in meiner Hosentasche. Ich langte rein und hab’ dabei versehentlich auf die Fernbedienung gedrückt. Es gab einen gewaltigen Lichtblitz –“ Michael schluckte, „und dann war Mike Fay weg.“

Der Professor schwieg.

„Was sagen Sie dazu?“ drängte Thomas.

Der Erfinder blickte ihn an. „Was ich dazu sagen soll? Würde ich euch nicht so gut kennen, wäre mein erster Gedanke, daß ihr mir da einen Riesenbären aufbindet. Das, was Michael erzählt hat, ist nach menschlichem Ermessen gar nicht möglich. Weil ich aber genau weiß, daß ihr euch nie so eine Geschichte nur zum Spaß ausdenken würdet, kann ich nur sagen –“

„Ja?“ fragte Heike erwartungsvoll.

„Verdammter Mist!“ Professor Ambrosius schlug mit der Faust gegen die Handfläche. „Wie konnte so etwas passieren? Die Fernbedienungen waren doch in Ordnung, ich habe sie getestet! Dein Gerät muß auf irgendwelche elektrische Schwingungen reagiert haben.“

„Das habe ich mir auch schon gedacht“, sagte Michael

mit gequälter Stimme. „Aber was ist mit Mike Fay geschehen? Wo ist er jetzt?"

„Bin ich ein Hellseher?" schnaubte Professor Ambrosius. „Woher soll ich das wissen? Ich weiß ja nicht einmal, auf welche Taste du gedrückt hast!"

Michael holte umständlich die Fernbedienung aus seiner Hosentasche. Er hatte jetzt sichtlichen Respekt vor dem Gerät und reichte es an Professor Ambrosius weiter. Dieser betrachtete es eingehend, hielt es prüfend an die Nase und schnupperte.

„Verschmort riecht es nicht."

„Ich hab' auch nichts weiter daran gemacht", beteuerte Michael.

„Erzähl' noch mal", befahl der Professor. „Es gab also einen Lichtblitz. Wie sah er aus?"

„Wie eine glühende Schlange." In Michaels Kehle saß ein dicker Klumpen. „Sie wickelte sich wie ein Lasso um Mike. Es ging alles wahnsinnig schnell. Und dann kam es mir vor, als würde er durch die Luft gewirbelt. Er verschwand in einem Lichtrad. Ganz sicher bin ich aber nicht." Michael zuckte mit den Schultern.

„Ich habe nur den Blitz gesehen", entgegnete Heike.

Thomas bestätigte es. „Daß Mike weg war, fiel uns erst ein paar Sekunden später auf."

„Weil er nicht mehr gesungen hat", ergänzte Heike.

„Hm." Der Professor dachte nach. Dann wandte er sich wieder an Michael. „Mal angenommen, deine Augen haben dir keinen Streich gespielt. War dieser Mike Fay noch ganz, als er durch die Luft gewirbelt wurde?"

Michael schaute den Erfinder groß an. „Wie meinst du das?"

„Nun, äh ... war er noch in einem Stück?" fragte Professor Ambrosius stockend. „Oder wirbelten vielleicht die Arme und Beine extra herum?"

„Er hat ganz normal ausgesehen."

Der Professor stieß erleichtert die Luft aus. „Gott sei

Dank, dann handelt es sich nicht um eine prätemporale Teilung. Er ist also mit seinem kompletten Körper in den Zeitstrom eingetreten. Wenigstens sind nicht seine Beine in der Steinzeit gelandet und sein Kopf im alten Ägypten."

„Wäre Mike dann tot?" fragte Heike bang.

Der Professor seufzte. „Was lernt ihr eigentlich im Biologieunterricht? Jemand, der keinen Kopf mehr hat, überlebt normalerweise nicht sehr lange."

Heike schluckte. Thomas wollte ihr den Arm um die Schulter legen, doch sie stieß ihn zurück. „Aber es war keine prätempo ... äh, er ist nicht geteilt worden. Lebt er dann noch?"

„Das wollen wir hoffen", meinte Professor Ambrosius. „Wenn er jedoch in einem Krokodilteich aufgetaucht ist oder auf einer Kannibaleninsel, dann ist die Chance etwas geringer."

Heike schnitt eine Grimasse. „Ich verstehe nicht, wie du jetzt noch Witze machen kannst, Onkel Ambrosius."

„Das nennt man Galgenhumor, meine Liebe", erklärte der Erfinder, jetzt sehr ernst. „Glaub' mir, die Sache ist mir höchst unangenehm. Ich werde alles tun, um diesen Mike wiederzufinden, das verspreche ich dir."

„Vielleicht kann uns Archie helfen", schlug Thomas vor.

„Genau denselben Gedanken habe ich gerade gehabt", murmelte der Professor. Er holte seine eigene Fernbedienung aus der Tasche, denn Michaels Gerät traute er nicht. Mit einem Knopfdruck rief er die Zeitmaschine aus der fünften Dimension herbei.

„Wenn uns jemand sieht?" fragte Heike.

„Der Park ist wie ausgestorben", antwortete der Erfinder. „Die sind alle beim Konzert. Und wenn einer tatsächlich seinen Hund spazierenführt, dann soll er ruhig glauben, daß die Außerirdischen extra wegen den *Pelicans* gekommen sind."

Sie stiegen in die Zeitmaschine und versuchten, Archie das Problem zu erklären. Daß sie den Computer damit überforderten, zeigte sich daran, daß auf dem Bildschirm lauter Fragezeichen auftauchten.

„Aber es muß doch einen Anhaltspunkt geben", sagte Michael und ballte die Fäuste. „Er kann doch nicht einfach im Nirgendwo gelandet sein."

„Zwei Drittel der Erde sind mit Wasser bedeckt", entgegnete Archie. „Die Möglichkeit, daß Mike Fay irgendwo untergetaucht ist, beträgt also sechsundsechzig Komma sechs Prozent."

Heike schlug schluchzend die Hände vors Gesicht.

„Diese Möglichkeit wollen wir gar nicht weiterverfolgen", sagte Professor Ambrosius bestimmt. „Halte dich an die restlichen dreiunddreißig Komma drei Prozent. Der Rocksänger wurde von einem Zeitstrahl erfaßt, der durch Michaels Fernbedienung ausgelöst wurde. In welche Epoche könnte er geschleudert worden sein?"

Archie seufzte tief. „Ich wünschte, Sie würden mich lieber danach fragen, wie das Wetter morgen wird."

„Das ist uns momentan reichlich egal", erwiderte der Professor. Seine Stimme klang etwas verärgert. „Ich erwarte eine vernünftige Antwort von dir. Oder muß ich dir erst deine Hauptplatine polieren?"

„Ist Ihnen klar, was Sie damit anrichten würden?" kam es verschnupft von Archie.

„Völlig klar."

Aus dem Lautsprecher kam ein Geräusch, das sich wie ein Schlucken anhörte. Auf dem Bildschirm erschien danach die Schrift:

ICH DENKE NACH.

Professor Ambrosius nickte zufrieden. Es vergingen ungefähr zwei Minuten, bis Archie wieder zu sprechen anfing.

„Wenn Sie Michaels Fernbedienung an mich anschließen, dann könnte ich vielleicht die Daten übernehmen."

„Ist das nicht gefährlich?" fragte Michael gleich. „Am Ende gibt's wieder eine Entladung. Vielleicht ist Archie weg, und wir sitzen da mit der Zeitmaschine."

„Ich werde vorsichtig sein“, sagten der Professor und Archie wie aus einem Munde.

Der Erfinder überlegte kurz, dann kramte er aus seinem Werkzeugkasten ein dünnes Kabel heraus, fummelte eine Weile am Computer herum und verknüpfte die Fernbedienung mit dem Rechner. Fast augenblicklich ertönte ein nervtötendes Quietschen – ähnlich wie bei einer Rückkopplung in einem Lautsprecher. Michael hielt sich die Ohren zu. Heike blickte erwartungsvoll auf den Bildschirm, auf dem in rascher Folge Zahlen abliefen.

„Bis jetzt sind es lauter Prüfziffern“, stellte Professor Ambrosius fest.

Plötzlich blieb das Bild stehen, ein roter Pfeil blinkte unter einer Zahl auf, und ein Signal piepste laut.

„Hier ist eine Ungenauigkeit“, verkündete Archie in diesem Moment. Heike biß sich vor Spannung auf die Unterlippe.

Das Bild lief langsamer weiter. Die Zahlen wurden seltener, und schließlich war nur noch eine lange Reihe XXX zu sehen. Das Quietschen hörte auf.

„Sie können die Verbindung unterbrechen“, sagte Archie. Seine Stimme klang erschöpft.

Professor Ambrosius löste behutsam das Kabel und wickelte es auf.

„Und?“ fragte er gespannt. „Hast du etwas herausfinden können?“

Archie zögerte. „Ja“, sagte er dann. „Doch ich fürchte, damit werden Sie nicht zufrieden sein. Aber mit mehr kann ich beim besten Willen nicht dienen.“

„Mach's nicht so spannend, sondern spuck' aus, was du weißt“, forderte der Professor.

„Ich kenne weder Jahr noch Tag oder den Ort. Mike Fay wurde ins dreizehnte Jahrhundert versetzt. Mit besseren Angaben kann ich nicht dienen.“

Ein Superstar im Kloster

„Barmherziger! Da liegt ja einer im Schnee!“ Der kurzsichtige Mönch blinzelte. Er war auf den Liegenden erst aufmerksam geworden, nachdem sein Maultier gescheut und sich geweigert hatte, einen Schritt weiter zu gehen.

„Ist er tot? Bleib stehen, Fidibus!“ Der Mönch ließ die Zügel los und kniete sich in den Schnee. Der Mann, der da lag, war fast nackt. Ein schmales rotes Rinnsal lief über sein Gesicht und bildete im Schnee einen roten Fleck.

„Er ist überfallen worden.“

Behutsam strich der Mönch über seinen Leib. Er war noch warm. Der Klosterbruder legte sein Ohr auf die Brust, hielt den Atem an und lauschte. Er hörte ein dumpfes Pochen. Also kam er noch nicht zu spät! Der Mann lebte.

Was für ein Riese! Der Mönch hatte noch nie einen so großen Mann gesehen. Er staunte ebenfalls über die glatte Haut. Es gab weder Pockenmale noch Narben, die von Kämpfen oder Verletzungen zeugten. Einen Moment lang schoß dem Mönch ein abenteuerlicher Gedanke durch den Kopf. Vielleicht war ein Erzengel vom Himmel gefallen, um den Mönch zu prüfen! Würde er die nötigen Samariterdienste leisten und den Mann vor dem Erfrieren retten?

Doch jetzt war keine Zeit für solche Überlegungen. Es galt, rasch zu handeln. Der Klosterbruder kehrte zu seinem Maultier zurück, tätschelte dem treuen Fidibus den Hals und band den Sack los. Der Mönch wühlte hastig darin herum, dann hatte er gefunden, was er suchte: Eine kratzige Kutte, die einem Mitbruder gehört hatte, der leider vor kurzem gestorben war. Außerdem holte er noch eine Decke heraus. Sie hatte unzählige Löcher, aber der Mönch hatte sich bisher nicht entschließen können, sich von ihr zu trennen. Die Decke hatte Erinnerungswert. Vor vielen Jahren hatte man ihn selbst darin eingewickelt und vor die Tür des Klosters gelegt. Die frommen Brüder hatten sich dann um den neugeborenen Knaben gekümmert. Der Mönch hatte niemals erfahren, wer seine Eltern waren und wer ihn zum Kloster gebracht hatte. Die Decke bildete das einzige Verbindungsstück zu einer unbekannten Vergangenheit. Als der Mönch dem Mann die Kutte überstreifte, öffnete dieser kurz die Augen. Sie waren braun wie Haselnüsse.

„Friede sei mit dir", haspelte der Mönch. „Wer bist du, und wer ist so grob mit dir umgegangen?"

Doch Mikes Augenlider flatterten nur. Der Mönch erkannte, daß der Mann noch nicht ansprechbar war. Sein Geist weilte in anderen Gefilden. Die Kopfverletzung sah auch ziemlich schlimm aus. Jemand hatte mit aller Wucht auf seinen Schädel geschlagen. Ein anderer wäre vielleicht tot gewesen.

Es war ein schwieriges Geschäft, dem Riesen die Kutte anzuziehen, ihn sorgsam in die Decke zu hüllen und dann noch auf das Maultier zu verfrachten. Der Mönch stöhnte und schwitzte. Er glaubte, seine Arme müßten abfallen, aber schließlich hatte er es geschafft. Fidibus stieß ein erschrokkenes Blöken aus, als der Klosterbruder ihm die schwere Last auflud.

„Ich weiß, er ist ein gewaltiger Brocken", murmelte der Mönch und strich dem Maultier tröstend über den Kopf. „Aber er ist verletzt, und ich muß ihm helfen. Das ist einfach meine Pflicht. Also beiß die Zähne zusammen, mein Guter, und denk' an den Lohn, der uns für diese gute Tat winkt: Mir der Himmel und dir eine doppelte Ration Futter."

Das Maultier sah seinen Herrn mit einem Ausdruck in den Augen an, der ungefähr besagte: Du hast gut reden, du brauchst ihn ja auch nicht zu schleppen.

Aber gehorsam setzte sich das Tier in Bewegung. Sie stapften durch den Schnee. Es dunkelte schon, als endlich die wuchtigen Klostermauern vor ihnen auftauchten. Der Zustand des Verletzten schien sich nicht verändert zu haben. Er war noch immer nicht bei Bewußtsein. Der Mönch befühlte behutsam seine Hände. Sie waren kalt geworden.

‚Wenn er stirbt, dann ist es Gottes Wille', dachte der Mönch. Entschlossen pochte er an die Klosterpforte. Kurz darauf öffnete sich eine Holzklappe, und eine brüchige Stimme fragte: „Wer da?"

„Ich bin's, der Bruder Daniel", antwortete der Mönch.

„Du kommst spät", tadelte der andere. „Die Vesper ist schon vorbei. Bruder Sebaldus hat dich vermißt. Du weißt, er kann es nicht leiden, wenn jemand trödelt oder sich herumtreibt."

„Ich habe mich nicht herumgetrieben, sondern einen Verletzten gefunden", gab der Mönch zurück. „Wenn du uns noch länger hier draußen in der Kälte stehen läßt, wird er sterben."

Jetzt wurde eilig die Klosterpforte aufgeschlossen.

„Erbarmen! Was für ein Riese!" rief der Pförtner erschrokken, als er den Mann auf dem Maultier sah. Er dämpfte seine Stimme. „Du hast doch nicht etwa den Leibhaftigen mitgebracht?“

Diese Möglichkeit war Bruder Daniel noch gar nicht in den Sinn gekommen.

„Als er im Schnee lag, sah er eher wie ein Erzengel aus“, behauptete er. „Los, hilf mir, ihn ins Spital zu schaffen. Mein getreuer Fidibus hat ihn die ganze Zeit tapfer geschleppt, aber jetzt kann sich das arme Vieh kaum noch auf den Beinen halten. Ich hoffe, es gibt auch einen Himmel für Maultiere.“

Wenig später hatte man Mike Fay in die Krankenabteilung gebracht. Dort lag er nun auf einem harten Bett, das durch einen Vorhang von den anderen Patienten abgetrennt war. Dahinter hustete jemand erbärmlich.

Bruder Daniel wechselte einen Blick mit Bruder Johannes, der für die Krankenabteilung zuständig war.

„Ist es noch immer nicht besser mit dem alten Walter geworden?“

Bruder Johannes schüttelte bedauernd den Kopf. „Der Husten sitzt fest – trotz des Aufgusses aus schleimlösenden Kräutern. Ich fürchte, es wird für Walter der letzte Winter sein. Es helfen weder Gebete noch Kräuter. Ich habe ihn zweimal zur Ader gelassen, aber es ist keine Besserung eingetreten. Heute hat er den ganzen Tag geschlafen und ist kein einziges Mal wachgeworden, obwohl der Husten ihn fast zerreißt. Es geht zu Ende mit ihm.“

Bruder Daniel senkte ehrfürchtig den Kopf. „Gottes Wille geschehe.“

Bruder Johannes aber trat neugierig auf das Bett zu, auf dem Mike lag. „Jetzt aber laß sehen, wen du da mitgebracht hast.“ Er betrachtete ihn und fragte dann: „Warum ist er so groß?“

„Ich weiß es nicht.“

„Wo hast du ihn gefunden?“

„In der Nähe des Galgenhügels. Er lag mitten auf dem

Weg – fast nackt. Offenbar haben Räuber ihn überfallen und ausgeraubt. Ich hatte Mitleid mit ihm, deswegen brachte ich ihn her."

„Daran hast du recht getan", brummte Bruder Johannes. Er schlug die Decke zurück. „Hm, er macht einen kräftigen und gesunden Eindruck – bis auf die Kopfwunde natürlich."

„Was meinst du?" fragte Bruder Daniel. „Wird er wieder gesund werden?"

„Ich werde die Wunde reinigen und ihm dann eine Auflage von zerquetschten Wegerichblättern machen. Wenn er keinen Wundbrand bekommt und keine Verletzungen des Gehirns davongetragen hat, wird er sich bald wieder am Leben freuen können."

Bruder Daniel sah erleichtert aus, aber er schien noch etwas auf dem Herzen zu haben.

„Sprich aus, was dich bedrückt", forderte der andere ihn auf. Der Mönch druckste herum. „Ich weiß nicht ... es gibt so viele Merkwürdigkeiten auf der Welt ... anderswo soll es schon Frösche geregnet haben oder Fische ... Vielleicht hältst du mich auch für dumm ..."

„Rede frei heraus!"

Bruder Daniel schluckte. „Könnte er nicht ein Engel sein? Ich werde das Gefühl nicht los, daß er einfach vom Himmel gefallen ist."

„Wie kommst du auf diese Idee, Bruder Daniel?"

„Es ... es gibt ein paar Anhaltspunkte." Der Mönch stotterte vor Aufregung. „Ich kann zwar ferne Dinge nicht gut erkennen, aber gewisse Sachen sehe ich doch. Und mir ist aufgefallen, daß keine Spuren zu der Stelle führten, wo der Mann lag."

Bruder Johannes runzelte die Stirn. „Wie kannst du das behaupten?"

„Es waren zwar Dutzende von Fußspuren da", sagte Bruder Daniel. „Aber keine, die zu diesen riesigen Füßen gepaßt hätten."

Mike kam langsam zu sich. Sein Kopf schmerzte fürchterlich, als habe er einen wahnsinnigen Kater. Dabei konnte er sich an keine Sauftour erinnern. Genaugenommen konnte er sich an gar nichts erinnern, außer daran, daß ständig jemand in seiner Nähe hustete.

„Ich hab' dir schon tausendmal gepredigt, daß du nicht soviel rauchen sollst", knurrte er und versuchte, die Stellung zu wechseln. „Es ist schlecht für die Stimme, Rolf."

Aber Rolf antwortete nicht, und das Husten hörte auch nicht auf. Mike blinzelte. Verdammt komisches Hotelzimmer, in dem sie diesmal einquartiert worden waren. Er würde sich beim Veranstalter beschweren. Als Star seiner Größenordnung brauchte man sich wahrhaftig nicht alles gefallen zu lassen.

Diese rasenden Kopfschmerzen! Sie verhinderten jeden klaren Gedanken. Mike griff an seine Stirn.

„Aaaahhhhh ..."

Meine Güte, offenbar hatte es am Abend zuvor eine Prügelei gegeben. Deswegen auch der Gedächtnisverlust. Aber warum hatte man keinen Arzt geholt? Hatte der Manager der Gruppe gepennt, oder war er selbst zusammengeschlagen worden?

Je mehr es Mike drängte, eine Antwort auf all diese Fragen zu finden, desto weniger war er fähig aufzustehen. Jede Bewegung kostete ihn unendliche Mühe. Alle Glieder und Knochen schmerzten. Das Hotelzimmer war ungeheizt und die Decke entschieden zu dünn. Das Ganze war eine Zumutung!

Mike blieb ruhig liegen und hoffte, daß der Alptraum von selbst aufhörte.

Jemand schlurfte durchs Zimmer. Bestimmt der Hotelboy.

„Stell das Frühstück auf den Nachttisch, wirf die Fanpost in den Papierkorb, und dann sieh' zu, daß du in diesem jämmerlichen Kaff einen anständigen Arzt auftreibst."

Die Schritte stockten. Wahrscheinlich gehörte der Hotelboy zu der schüchternen Sorte. Jetzt tat es Mike leid, daß er den Boy so grob angefahren hatte. Der Arme konnte schließlich nichts für seine Schmerzen.

„Hör zu, Junge“, fuhr Mike milder fort, „es geht mir heute morgen wirklich dreckig. Frag nicht lange, sondern besorg’ mir einen Arzt. Den besten, den es gibt, okay? Dafür kriegst du Freikarten für unser nächstes Konzert.“

Der Hotelboy antwortete noch immer nicht. Vielleicht war er gar nicht schüchtern, sondern schlichtweg schwer von Begriff. Mike stöhnte. Vermutlich blieb ihm nichts anderes übrig, als alles selbst in die Wege zu leiten.

Er zwang sich, die Augen zu öffnen. Es hätte nicht viel gefehlt, und er hätte sie vor Schreck gleich wieder zugemacht.

Der Hotelboy trug eine braune Mönchskutte. Die Verkleidung war perfekt: Es fehlten weder Gürtel noch die kahle Stelle auf dem Kopf. Der Kerl sah aus wie jener Mönch, der immer auf der Käseschachtel abgebildet war, die Mike bevorzugte.

„Mann! Wenn das ein Scherz sein soll, dann hast du dir einen reichlich schlechten Zeitpunkt dafür ausgesucht. Sonst gerne, aber heute bin ich gar nicht gut drauf.“

Der Hotelboy ließ sich von der Rede nicht aus der Fassung bringen, sondern lächelte. Mike blickte ihn verunsichert an. Es war nicht das aufgesetzte Lächeln eines Schauspielers oder eines Clowns, sondern es war das Lächeln eines Menschen, der mit sich und der Welt in Einklang steht. Mike fing an zu zweifeln. Vielleicht hatte sich ein echter Mönch in sein Hotelzimmer verirrt.

„Nun, was gibt's?“ fragte Mike freundlich und eine leichte Spur ungeduldig. „Willst du, daß ich für einen guten Zweck Geld spende?“

Der Mönch erwiderte etwas, das Mike nicht verstand. Es war wieder die seltsame Mischung aus teils vertrauten, teils unbekannten Silben ... In diesem Augenblick blitzte eine Erinnerung in Mikes Kopf auf. Moment mal, da war doch die Sache mit dem Schnee gewesen! Die beiden häßlichen

Gnome ... Sie hatten ähnlich geredet ... Und einer davon hatte die Elektrogitarre ergriffen ...

Mike fuhr von seinem Lager hoch, ohne auf die Schmerzen in seinem Kopf zu achten.

„Verdammt noch mal, ich will endlich wissen, was hier gespielt wird!"

Kurz darauf bereute er, was er getan hatte, denn ihm wurde so übel, daß er sich fast übergeben hätte.

Der Mönch bettete ihn behutsam auf das Lager zurück und redete auf ihn ein. Diesmal begriff Mike, daß der Klosterbruder zu ihm sagte, er solle liegenbleiben.

„Din krap hat ein smerze."

‚Klar', dachte Mike, ‚daß mir der Schädel höllisch brummt, ist dem auch schon aufgefallen. Wahrscheinlich hab' ich eine Gehirnerschütterung.' Er schloß seufzend die Augen, während der Mönch weiter auf ihn einredete. Ab und zu verstand Mike einen Satz. Der Mönch hielt ihm eine Schale mit einer Flüssigkeit an die Lippen. Mike nippte nur.

„Pfui, willst du mich vergiften?"

„Gut for smerze."

‚Gut gegen Schmerzen', übersetzte Mike. Er begriff zwar noch immer nicht, was da vor sich ging, aber offenbar hatte der Mönch die Rolle eines Krankenpflegers übernommen. Mike hatte einfach keine Energie mehr, weiter Widerstand zu leisten. Seine Gesundheit war angeschlagen, der Mönch plapperte ein halbverständliches Kauderwelsch, und die Umgebung war rätselhaft – das alles war mehr, als ein Mensch ertragen konnte!

Mike trank die Flüssigkeit aus. Kurz darauf spürte er, wie sich die Wärme in seinem Magen ausbreitete. Er entspannte sich. Die Schmerzen in seinem Kopf schienen etwas nachzulassen, und eine wohlige Müdigkeit überkam ihn.

Dann, an der Grenze zwischen Wachsein und Schlaf, erkannte Mike plötzlich, warum die Worte des Mönchs auf so seltsame Weise bekannt klangen.

Vor Jahren hatte Mike Germanistik studiert. Zwei Semester lang hatte er sich mit mittelhochdeutscher Lyrik herumquälen müssen. All das Gefasel von „herze“ und „smerze“! Es war ihm zuletzt aus den Ohren herausgekommen, und das war auch ein Grund gewesen, warum er das Germanistikstudium an den Nagel gehängt und sich lieber der Musik gewidmet hatte.

Bei diesen Überlegungen war Mike angelangt, als ihn der Schlaf übermannte. Seine Träume waren wirr. Sie bestanden aus Erinnerungen an seine Studentenzeit, an die Proben der Gruppe *Schwanengesang*, die Mike damals mit ein paar Freunden gegründet hatte, um Musik zu machen und auf diese Weise den Studienfrust abzubauen ... Mike war im Traum wieder Anfang Zwanzig, sah Klaus, Werner und Erik wieder, und gemeinsam spielten sie das Stück, das sie sich aus Jux ausgedacht hatten: „Lieb Frouwe, din ist min herze“ – mit mittelhochdeutschem Text ...

Irgendwann zwischen seinen Träumen nahm Mike wahr, daß der schreckliche Husten neben ihm aufgehört hatte. Es war auf einmal sehr still. Dann vernahm er eilige Schritte, Gemurmel und Unruhe, als würde etwas Größeres hinausgetragen. Mike sank wieder in tiefen Schlaf. Diesmal träumte er, er stünde mit den *Pelicans* auf der Bühne ...

„Was nun?“ fragte Michael. Er war wie gelähmt von Archies Nachricht. Insgeheim war er überzeugt gewesen, es sei für den Computer kein Problem, den genauen Aufenthalt von Mike Fay zu errechnen.

Archies Antwort brachte jedoch alle aus der Fassung.

„Ein schönes Schlamassel“, murmelte Professor Ambrosius und rieb sich das Kinn. „Wir müßten das ganze dreizehnte Jahrhundert durchkämmen. Das ist aber völlig unmöglich, weil wir keinerlei Anhaltspunkte haben, an welchem Ort wir suchen sollen. Er kann überall und nirgends sein.“ Er stöhnte. „Es ist schlimmer, als eine Stecknadel in einem Heuhaufen zu suchen. Da hat man wenigstens den

Heuhaufen, und mit viel Geduld kommt man ans Ziel. Wir aber haben gar nichts."

„Das stimmt nicht", widersprach Archie. „Sie haben mich!"

„Du hast uns ja gerade erklärt, daß du mit deinem Latein am Ende bist", entgegnete der Erfinder.

Daraufhin schwieg Archie.

Heike starrte mit großen Augen vor sich hin.

„Ich sehe schon die Schlagzeilen in der Zeitung vor mir", verkündete Michael. „MIKE FAY SPURLOS VERSCHWUNDEN. IST ER EINEM VERBRECHEN ZUM OPFER GEFALLEN?" Er preßte seine Hand auf seinen Bauch. „Ich habe Magenschmerzen. Am liebsten würde ich zur Polizei gehen und sagen, daß ich an seinem Verschwinden schuld bin."

„Den Teufel wirst du tun", schnaubte Professor Ambrosius. „Dein Edelmut ist zwar gut und schön, aber die Polizei findet Mike Fay erst recht nicht. Wenn jemand den Mann zurückbringen kann, dann sind wir es."

„Ich hab' ja bloß gemeint –"

„Du willst nur dein schlechtes Gewissen beruhigen", warf Heike ihrem Bruder vor. „Untersteh' dich, zur Polizei zu gehen. Die kommt nur und schnüffelt überall rum, weil sie denkt, wir haben Mike irgendwo vergraben." Sie schluchzte bei dem Gedanken auf. Mike Fay, kalt und steif unter der Erde – die Vorstellung war unerträglich! Heike wischte sich die Tränen aus dem Gesicht. Sie *mußten* ihn einfach finden!

„Können wir die Zeit nicht einfach zurückdrehen?" fragte sie. „Den Zeitpunkt abpassen, wenn Mike verschwindet? Vielleicht kriegt Archie dann bessere Daten. Oder Michael einfach daran hindern, daß er die Fernbedienung berührt?"

„Heike", sagte Professor Ambrosius streng, „Reisen durch die Zeit bergen schon ein gewaltiges Risiko. Die Sachen, die du mir eben vorgeschlagen hast, verstoßen gegen alle Naturgesetze. Denk nur an die unerwünschten Verdoppelungseffekte. Mit diesen Dingen zu experimentieren, ist genauso, als hielte man eine Bombe in den Händen. Da kann etwas losgehen, was du nicht mehr stoppen kannst. Man hat keine Kontrolle über die Ereignisse ..."

Heike senkte den Kopf. Die Argumente des Professors leuchteten ihr ein. Sie selbst hätte zwar jede Mühe auf sich genommen, um den Rockstar wiederzufinden, aber der Erfinder hatte recht, derartige Risiken waren wider alle Vernunft. Heike grub die Zähne in die Unterlippe. Sie dachte so angestrengt nach, daß es ihr in den Ohren summte. Sie versuchte, sich in Mike Fay hineinzuversetzen. Angenommen, sie wäre irgendwo im dreizehnten Jahrhundert gelandet, was hätte sie getan? Wo wäre sie hingegangen?

„Wo ist er hingegangen?" dachte in diesem Moment der Professor laut. „Was kann ein Rockstar im Mittelalter unternehmen?"

„Frag mich mal was Einfacheres", sagte Michael. Er knetete nervös seine Finger. „Irgerndwie muß er Geld verdienen, damit er zu essen hat."

„Was könnte er tun?" hakte der Professor nach. „Was hat er beruflich gemacht, bevor er Rocksänger geworden ist? Oder welche Hobbys hat er jetzt? Vielleicht bekommen wir dadurch irgendeinen Anhaltspunkt. Ihr interessiert euch doch so für die *Pelicans*, da habt ihr sicher in Musikzeitschriften schon Berichte gelesen."

Michael schaute Heike erwartungsvoll an. Sie war die Expertin. Heike überlegte und zählte dann alles auf, was sie wußte.

„In seiner Freizeit fährt er gerne Motorrad. Außerdem mag er alle Sportarten, die mit Wasser zu tun haben. Ansonsten ... äh ..."

Sie legte den Finger an die Nase. Die Auskünfte waren ziemlich dürftig gewesen. „Er liebt Hähnchen mit Pommes Frites, Trüffelpralinen und rote Tapeten." Heike stockte. Sie kam sich albern vor. All diese Dinge brachten sie doch keinen Schritt weiter!

Doch der Erfinder war gar nicht so unzufrieden.

„Hm", brummte er, „natürlich muß man berücksichtigen,

daß in den Zeitschriften nicht immer die Wahrheit steht. Aber ich denke, aus den Angaben können wir zumindest eines herauslesen: Er ist ein Mensch, der mitten im Leben steht und die schönen Dinge genießt. Wir können es uns also schenken, in den mittelalterlichen Klöstern nach ihm zu forschen, denn ein Mönch ist er bestimmt nicht geworden."

„Wie geht es dir heute?" fragte Bruder Johannes.

Mike drehte den Kopf und heftete seinen Blick auf den Mönch. Dessen blaue Augen leuchteten freundlich wie immer und verrieten echte Anteilnahme.

Mike seufzte. Er war inzwischen zu dem Schluß gekommen, daß er sich alles, was ringsum geschah, nur einbildete. Es mußte ein einziger langer Traum sein, eine Vision, ein Trip. Alle Bilder entsprangen vermutlich seinem Unterbewußtsein. Wie sonst war es zu erklären, daß die Menschen um ihn herum mittelhochdeutsch redeten? Im zwanzigsten Jahrhundert tat dies kein Mensch mehr – höchstens ein paar verkorkste Universitätsprofessoren, die ihre Studenten damit quälten.

‚Alles, was ich sehe, kommt aus meinem eigenen Kopf', dachte Mike. ‚Wenn ich mich dagegen sträube, ist es so, als kämpfe ich gegen mich selbst. Das beste wird also sein, ich mache gute Miene zu diesem verdammten Spiel und ziehe mit.'

Er lächelte den Mönch an.

„Es geht mir besser. Dein Trank war gut, obwohl er scheußlich geschmeckt hat."

Der Mönch fragte zweimal nach, doch dann nickte er zufrieden. Er hatte begriffen, was Mike gesagt hatte. Die Verständigung klappte nach und nach immer besser.

„Bist du gestört worden heute nacht? Bruder Walter ist nämlich gestorben. Gott sei seiner armen Seele gnädig. Jetzt ist Walter endlich erlöst von seinem langen Leiden. Er war auch schon sehr alt, dreiundfünfzig Jahre." Während der Mönch erzählte, wechselte er Mikes Verband. Obwohl er dabei sehr behutsam vorging, tat es höllisch weh. Mike biß die Zähne zusammen.

Der Mönch betrachtete die Verletzung. „Die Wunde hat sich zum Glück nicht entzündet. Eine hübsche Beule hast du da. Die wird dir noch eine Weile Freude machen."

„Hast du eine Aspirintablette?" fragte Mike, denn in seinem Kopf brummte es erbärmlich.

„Was möchtest du?"

„Ein Aspirin ..." Mike merkte, daß der Mönch damit nichts anfangen konnte. „Etwas gegen die Schmerzen."

Bruder Johannes schüttelte den Kopf.

„Ich kann dir den Trank frühestens in drei Tagen wieder geben. Das Mittel ist zu stark. Wenn man es zu oft trinkt, schädigt es Körper und Geist."

„Und etwas Leichteres?"

„Das würde nicht helfen. Also ertrage den Schmerz und freue dich darüber, daß du noch am Leben bist. Und vergiß nicht, Gott für deinen harten Schädel zu danken."

Der Mönch machte eine frische Auflage aus Wegerichblättern und verband die Wunde dann neu. Obwohl er so sanft wie möglich dabei vorging, empfand Mike es als eine unerträgliche Qual. Er war froh, als er sich wieder zurücklegen und die Augen schließen konnte. Doch der Mönch hatte offenbar beschlossen, eine Reihe von Fragen zu stellen.

„Bruder Daniel hat dich im Schnee gefunden und hergebracht. Jemand hat dich überfallen und ausgeraubt. Hast du eine Ahnung, wer es gewesen sein könnte?"

„Das weiß ich sogar genau", antwortete Mike. „Die beiden Kerle erkenne ich sofort wieder. Der eine hat eine Nase, die aussieht, als wenn jemand darauf Karateschläge geübt hat. Und der andere hat ein richtig dummes Grinsen und war bestimmt seit fünfzehn Jahren nicht mehr beim Zahnarzt."

„Karate? Zahnarzt?" fragte der Mönch.

„Halb so wichtig. Vergiß es", murmelte Mike genervt. Solange sein Kopf schmerzte, hatte er keine Lust, komplizierte Erklärungen abzugeben.

„Ich kenne mindestens zwei Dutzend Männer, auf die deine Beschreibung paßt“, meinte der Mönch und hantierte mit ein paar Salbentöpfen. „Hattest du wertvolle Sachen bei dir?“

„Nur meine Elektrogitarre. Ich kam nämlich –“ Mike stockte. ‚Direkt von der Bühne‘, hatte er eigentlich sagen wollen. Doch zwischen Bühne und Schnee lag jener geheimnisvolle Punkt, den er sich nicht erklären konnte. Er vermied es, daran zu denken, denn es brachte nichts.

„Elektrogitarre?“ hakte der Mönch nach.

„Ein Musikinstrument. Es war sehr teuer“, erklärte Mike. „Es ging kaputt, als der Kerl mich damit schlug.“

„Und was hattest du sonst? Schmuck? Münzen? Edle Kleidung?“

Meine Güte, der Mönch wollte alles supergenau wissen! ‚Er sollte zur Polizei gehen‘, dachte Mike, ‚Abteilung Spurensicherung.‘

„Ich trug meinen Glanzanzug. Der war maßgeschneidert, und ich hatte ihn erst zweimal bei Konzerten an. Schade drum. Die beiden Kerle können bestimmt nichts damit anfangen, denn denen paßt er bestimmt nicht.“

„Und Schmuck?“

„Schmuck? Nein. Oder doch?“ Mikes Hand fuhr hoch zu seinem Ohr. Mist! Der goldene Ohrring war natürlich auch verschwunden. Es war ein Erbstück von seiner Großmutter, ein Glücksbringer. Seit sich Mike das Ohrläppchen hatte durchstechen lassen, hatten seine Songs plötzlich einen durchschlagenden Erfolg gehabt. Das mochte Zufall gewesen sein – oder auch nicht. Das Verschwinden des Ohrrings war jedenfalls ein schlechtes Zeichen.

„Verdammte Banditen!“ Mike ballte zornig die Faust.

„Du sollst nicht fluchen“, tadelte ihn der Mönch sanft. „Es ist ein Fehler, sein Herz an weltliche Dinge zu hängen. Du hättest tot sein können – von den Dieben erschlagen oder im Schnee erfroren! Welche Bedeutung hat da ein kleiner goldener Ohrring?“

„Es ist nicht nur der Ohrring", brach es jetzt aus Mike heraus. Es hatte sich zuviel angestaut, er konnte nicht länger schweigen.

„Ich weiß überhaupt nicht, was ich hier soll und wie ich hergekommen bin! Es ist ein Horrortrip ohne Ende! Ich träume einen fürchterlichen Traum und habe dabei Schmerzen, als sei alles Wirklichkeit. Du redest eine Sprache, die ich zwei Semester lang gehaßt habe. Und jetzt fängst du auch noch an, mir Vorhaltungen zu machen. Das ist unfair!"

All das hatte Mike fast in einem einzigen Atemzug herausgesprudelt. Der Mönch erwiderte kein Wort. Stumm machte er sich an ein paar Gefäßen zu schaffen. Mike starrte zur Decke. Der Ausbruch hatte ihn erschöpft, aber auch eine innere Spannung gelöst. Jetzt war er nur noch müde, nicht mehr zornig.

Wenig später trat der Mönch wieder an sein Lager und schlug die Decke zurück. Gleich darauf spürte Mike kleine Stiche an seinen Beinen.

„Versuchst du es jetzt mit Akupunktur, oder was?"

Er hob den Kopf und schielte hinab. Widerlich glitschige Tierchen saßen an seinen Waden. Bruder Johannes nahm gerade zwei weitere davon aus einem Glas.

„Was zum Teufel ist das?"

„Es sind Blutegel, Bruder. Bei einem erhitzten Gemüt hilft nichts besser als ein Aderlaß."

Es konnte nur ein Alptraum sein, etwas anderes war gar nicht möglich. Denn warum sollte das Schicksal ihm so etwas zugedacht haben? Als Strafe vielleicht? Mike war sich keines Vergehens bewußt. Das Singen hatte ihm Freude gemacht, und er hatte versucht, die Freude an seine Zuhörer weiterzugeben. Daß er und die *Pelicans* Erfolg mit ihren Songs hatten, war schließlich nichts Schlimmes, oder?

„Besser?" fragte der Mönch. Jetzt sah er wieder haargenau aus wie der Mönch auf der Käseschachtel.

„Ich kann kein Blut sehen", ächzte Mike, bevor er ohnmächtig wurde.

Michel von Wolkenheim

„Darf ich mir eine Bemerkung gestatten?“ fragte Archie höflich und unterbrach damit das Schweigen.

„Hast du eine Idee?“ fragte der Erfinder, erschöpft vom Nachdenken. „Wir sind für jeden guten Einfall dankbar.“

„Ich bin zwar ein Computer und kein Mensch“, begann Archie, „aber wenn ich ein großer Star wäre, so würde ich auch im dreizehnten Jahrhundert versuchen, berühmt zu werden.“

„Na prima“, sagte der Professor ohne große Begeisterung. „Das ist ein toller Denkanstoß. Wäre ich nie draufgekommen. Wer von uns will nicht berühmt werden?“

„Zum Beispiel Sie“, gab Archie ein wenig pampig zurück. „Mit Ihren genialen Erfindungen hätten Sie längst die ganze

Fachwelt verblüffen können. Die Zeitmaschine ist eine Sensation. Alle Wirtschaftsbosse würden sich um Sie reißen. Sie würden Aufsichtsratsvorsitzender werden, man würde Ihnen den Ehrendoktor verleihen und den Nobelpreis, in allen großen Zeitungen wäre Ihr Bild ..."

„Darauf pfeife ich", murmelte Professor Ambrosius verächtlich. „Das kann ich mir alles lebhaft vorstellen: Eine endlose Reihe von Partys, Gesellschaften und Empfängen. Pressereporter schon beim Frühstück, zum Mittagessen der Kultusminister und zum Abendbrot meine ganze liebe Verwandtschaft, die sich plötzlich wieder an mich erinnert ... Nein, danke, ich verzichte!"

„Das wollte ich damit ausdrücken", entgegnete Archie. „Nicht jeder Mensch will berühmt werden. Ein Rockstar jedoch, der es einmal geschafft hat, wird es bestimmt wieder versuchen."

„An der Sache ist was dran", meinte Michael. „Es ist sicher schlimm, wenn jemand täglich Applaus gekriegt hat, und plötzlich bleibt der Beifall aus. Keine Fans mehr, niemand, der ihn bewundert und ihm sagt, wie toll er ist."

„Wie gemein von dir, so zu reden!" brauste Heike auf. „Mike ist ganz anders! Du Blödian bist schuld, daß er verschwunden ist, und jetzt machst du dich auch noch über ihn lustig!"

„Ich mache mich gar nicht lustig", widersprach Michael heftig. „Ich rede nur von Künstlern allgemein. Die sind normalerweise total süchtig nach Lob und Anerkennung. Und je berühmter sie sind, desto schlimmer ist es mit ihnen."

„Ach, was bist du wieder klug", sagte Heike mit beißendem Spott.„Toll, was für einen Durchblick du hast."

Michael achtete nicht darauf. „Archie hat recht", sagte er. „Mike wird sicher versuchen, berühmt zu werden."

„Ob es ihm gelingt, ist eine andere Frage", brummte der Professor. „Hier hat er seinen Manager, seine Plattenfirma, die für ihn Werbung macht und seine Agenturen, die die

Auftritte organisieren. Von all diesen Leuten hängt eine Menge ab. Die können einen Star richtig aufbauen." Er bemerkte Heikes zornigen Blick. „Ich will Mikes Verdienste gar nicht schmälern. Natürlich kann er gut singen. Aber wenn er auf eigene Faust mit seiner Gitarre herumtingeln müßte, wäre er vermutlich längst nicht so bekannt."

„Ich bin überzeugt, Mike hat überhaupt keine Helfer nötig", widersprach Heike. „Er kann toll singen, seine Texte sind gut, er hat viele Stücke selbst komponiert ..."

„Über diese Dinge können wir ein andermal weiterreden", beendete der Professor das Thema. „Die Zeit arbeitet gegen uns. Das Rockkonzert ist noch in vollem Gange. Wenn wir Mike zurückbringen wollen, bevor es zu Ende ist, müssen wir uns beeilen. – Archie, du hast mich überzeugt. Wir werden die Spur weiterverfolgen, denn eine andere haben wir nicht. Schau also einmal in deinem Speicher nach. Welche Berühmtheiten gibt es im dreizehnten Jahrhundert?"

„Auf musikalischem Gebiet?"

Der Professor und die Kinder tauschten einen Blick.

„Das ist wohl das Naheliegendste. Schauspieler und Maler kommen vielleicht ebenfalls in Frage. Ja, und natürlich auch Dichter. Versuche, einen möglichst großen Bereich zu erfassen."

„Sehr wohl." Einige Lämpchen auf dem Armaturenbrett flammten auf – ein Zeichen, daß der Computer arbeitete und seine Daten überprüfte. Einige Minuten später meldete sich Archie wieder.

„Ich kann die gesuchte Person nicht finden. Es liegt ein Fehler vor."

„Herrje, hast du schon wieder eine Betriebsstörung?" stöhnte der Professor. „Ich frage mich wirklich, wann du einmal einwandfrei arbeitest."

„Der Fehler liegt nicht bei mir", sagte Archie beleidigt. „Es ist ein Fehler in *Ihrer* Logik."

„Warum in meiner Logik? Erklär mir das bitte genauer", forderte Professor Ambrosius.

„Zu jenem Zeitpunkt, als Mike Fay in die Vergangenheit versetzt worden ist, befand ich mich zusammen mit der Zeitmaschine in der fünften Dimension, also an einem Ort außerhalb der Zeit", sagte Archie. „Wenn Mike Fay eine Veränderung der Geschichte ausgelöst hat und im dreizehnten Jahrhundert zu einer bekannten Persönlichkeit geworden ist, so konnte mein Speicher diese Änderung nicht registrieren. – Sie müssen sich Ihre Informationen aus einer anderen Quelle besorgen. Ich war in der fünften Dimension, ich kann gar nichts wissen."

„Verflixt und zugenäht, natürlich!" Professor Ambrosius schlug sich an die Stirn. „Das habe ich nicht bedacht."

„Meinst du, in Lexiken und Fachbüchern steht demnach etwas über Mike Fay?" fragte Heike zweifelnd. Mit solchen Gedankensprüngen hatte sie Schwierigkeiten.

„Sofern sie nicht in der Zeitmaschine gewesen sind." Der Professor sah Heikes verwirrtes Gesicht. „Eine Veränderung im Ablauf der Geschichte zieht unzählige andere Änderungen mit sich – ähnlich wie ein Schneeball, der zur Lawine wird. Wenn eine Änderung stattgefunden hat, steht in deinem Lexikon heute möglicherweise etwas anderes als gestern. Die Texte wurden aber nicht vertauscht, sondern bereits so geschrieben." Er seufzte. „Es ist äußerst schwierig zu begreifen, ich weiß."

Heike erwiderte nichts, sondern starrte ihren Großonkel nur an.

„Ich fürchte, meine Bücher zuhause sind nicht ergiebig genug, denn ich besitze hauptsächlich Bände über Mathematik und Physik. Wir müssen eine Bibliothek aufsuchen."

„Die Reutlinger Stadtbibliothek", sagte Heike.

„Die ist um diese Zeit bestimmt geschlossen", wandte Thomas gleich ein.

„Vielleicht können wir den Hausmeister rausklingeln, damit er uns aufsperrt", schlug Michael vor.

Der Professor schüttelte den Kopf. „Ich glaube nicht, daß wegen uns eine Ausnahme gemacht wird. Wie sollten wir unsere Bitte auch begründen? ‚Guten Abend, es ist leider ein Notfall. Wir haben Mike Fay versehentlich ins Mittelalter gebracht und brauchen jetzt dringend Literatur über das dreizehnte Jahrhundert.' – Das geht beim besten Willen nicht. Wir müssen warten, bis morgen früh wieder geöffnet wird."

„Bis dahin ist das Konzert zu Ende", stellte Michael fest. „Wer weiß, vielleicht reisen die *Pelicans* ja morgen früh gleich weiter."

„Du hast recht, morgen früh ist zu spät." Auf das Gesicht des Professors trat ein entschlossener Ausdruck. „Nun gut, dann werden wir etwas tun, was eigentlich nicht erlaubt ist. Aber nachdem wir schon einen Rockstar in die Vergangenheit gebracht haben, ist ein nächtlicher Besuch in der Bibliothek wohl ein relativ kleiner Verstoß."

„Du meinst, wir sollen mit der Zeitmaschine –" Heike beendete den Satz nicht.

„Ganz genau." Der Professor wandte sich an den Computer. „Oder siehst du Probleme, Archie?"

„Überhaupt nicht", kam es aus dem Lautsprecher. „Die Koordinaten der Bibliothek sind mir bekannt. Wir können sofort hin."

„Dann nichts wie los", murmelte Professor Ambrosius.

Heike schluckte, als sich die Einstiegsluke der Zeitmaschine schloß. So ganz geheuer war ihr bei dem Unternehmen nicht. Und was, wenn sie dabei erwischt wurden?

Heike hatte den Gedanken kaum zu Ende gedacht, als Archie meldete: „Wir sind da."

„Alle Lichter aus", befahl der Professor, während er selbst nach einer Taschenlampe griff. „Man darf von draußen nichts sehen." In der Zeitmaschine wurde es dunkel. Die Luke glitt behutsam auf.

„Ich gehe zuerst", verkündete Professor Ambrosius. Der Lichtkegel seiner Lampe beleuchtete ein Bücherregal, das direkt vor der Zeitmaschine stand. Vorsichtig kletterte der Erfinder heraus. Michael, Heike und Thomas folgten auf Ze-

henspitzen. Heikes Herz klopfte heftig. Sie kam sich vor wie ein Einbrecher, und so etwas ähnliches waren sie ja auch. Allerdings waren sie nicht gekommen, um etwas zu stehlen, sondern nur, um sich wichtige Informationen zu besorgen.

Der Professor ging an den Regalen entlang und leuchtete die Buchrücken ab. „*Wirbelsäulengymnastik ... Bandscheibenschäden vorbeugen ...* Das interessiert uns weniger." Seine Taschenlampe streifte das Hinweisschild „Medizin". Er ging zum nächsten Regal. Nach einigem Suchen waren sie bei der Abteilung „Geschichte" angelangt.

„Hier!" Heike tippte zielsicher auf ein Buch, das zu einer vielbändigen Reihe gehörte. „Kulturgeschichte des dreizehnten Jahrhunderts!" Sie zog den Band heraus und legte ihn auf einen Tisch. Während Heike blätterte, leuchtete ihr Professor Ambrosius mit der Taschenlampe und die anderen blickten gespannt über ihre Schulter.

Heike schaute im Register under „F“ nach.

„Falkenbuch ... Familie ... Florenz ...“ Ihr Zeigefinger glitt immer weiter auf der Seite nach unten. Sie schluckte vor Enttäuschung. „Keiner, der ‚Fay‘ heißt.“

„Schau unter ‚Mike‘ nach“, riet ihr der Professor. „Im Mittelalter war der Vorname der wichtigste Name.“

Heike schüttelte abermals den Kopf. „Finde ich nicht. *Minne, Minnedienst, Minnesang* ... aber nirgends *Mike*!“

„Das Buch taugt nichts“, bemerkte Michael.

„Vielleicht hat Mike Fay auch einen anderen Namen angenommen“, warf Professor Ambrosius ein. „Laß mich mal ran.“

Heike rückte zur Seite. Michael hielt die Taschenlampe, während der Professor weiter vorne im Buch herumblätterte.

Sie sahen Zeichnungen von mittelalterlicher Baukunst, Gebäude mit spitzbogigen Fenstern und Pläne von Burganlagen. Auf einem Bild wurde ein Kranker zur Ader gelassen. Der Erfinder blätterte weiter. Er stieß auf eine Reihe von Porträts.

„Wer ist die Frau?“ fragte Thomas.

„Keine Frau, sondern ein Mann. Ein Dichter.“ Professor Ambrosius las die Bildunterschrift. „*Walther von der Vogelweide.* Einer der berühmtesten Minnesänger.“

Er schlug die Seiten um. „*Wolfram von Eschenbach. Neidhart aus dem Reuental. Hartmann von Aue* ...“

Er zuckte mit den Achseln und blätterte.

„Warte mal“, sagte Heike aufgeregt. Ihr Zeigefinger schnellte vor. „Wer ist das?“

Das Bild zeigte einen Mann mit dunklen Locken. Er hatte sein Haar im Nacken zusammengebunden. Das Charakteristische an seinem Gesicht waren die buschigen Augenbrauen, die auf der Nasenwurzel fast zusammenstießen.

„Der sieht doch nicht aus wie Mike Fay“, widersprach Michael.

„Denk dir das Haar offen“, sagte Heike und legte ihren Finger an die Schläfe des abgebildeten Mannes. Sie kniff die Augen zusammen. „Doch, ich finde, er sieht ihm irgendwie ähnlich.“

„Ein Holzschnitt kann nicht so genau sein wie ein Foto“, gab der Professor zu bedenken. „Die Ähnlichkeit könnte auch rein zufällig sein.“

„Er muß es sein“, beharrte Heike. „Auf der Platte *No feelings* hält er den Kopf genauso. Die Frisur ist natürlich anders.“

„Und wie nennt sich dieser Mann?“ fragte Thomas.

„Michel von Wolkenheim.“

„Wie heißt du?“ fragte der Abt. Seine Miene war ernst und die Nase die breiteste, die Mike je gesehen hatte. Obwohl der Abt ihm nicht einmal bis zum Kinn reichte, fühlte sich Mike unbehaglich. Es lag an den stechenden Augen des anderen.

„Mein Name ist Mike Fay.“ Seine Kopfschmerzen, die in den letzten Tagen etwas nachgelassen hatten, kehrten wieder. Außerdem juckte sein Rücken wegen der Mönchskutte abscheulich, und Mike hätte sich gerne zwischen den Schulterblättern gekratzt. Doch in Anwesenheit des Abtes tat er es lieber nicht. Es wäre unhöflich gewesen.

„Mike?“ wiederholte der Abt verständnislos.

„Getauft worden bin ich auf den Namen Michael, aber das ist schon eine Ewigkeit her. Kein Mensch nennt mich mehr so. Alle sagen Mike zu mir.“

„Wir haben bereits einen Bruder Michael im Kloster“, sinnierte der Abt. „Solltest du bleiben, werden wir dich Bruder Michel nennen, um Verwechslungen auszuschließen.“

„Michel“, schnaubte Mike. „Das ist ja wohl das letzte.“

Der Abt hob die Augenbrauen. Er ging jedoch nicht weiter auf Mikes Widerspruch ein.

„Bruder Daniel fand dich im Schnee. Woher kommst du?“

Mike zögerte. Sollte er dem Abt die Story von der Bühne zum Besten geben?

„Meine Heimatstadt ist Hannover."

Der Abt runzelte die Stirn. „Ich habe noch nie von einem Ort dieses Namens gehört. Oder meinst du Honnovere?"

„Es ist ein Katzensprung bis Hildesheim und nach Hamburg ungefähr anderthalb Stunden mit dem Auto."

„Auto?"

Mike schloß die Augen. Der Alptraum hatte Hand und Fuß. Der Abt vor ihm tat wirklich so, als lebte er im Mittelalter. Mike wäre es lieber gewesen, der Horrortrip wäre in den Einzelheiten weniger genau. Vielleicht hätte er da leichter zurückfinden können. Aber beeinflusse einer mal seine Träume!

„Dein Name ist also Michel von Hannover", fuhr der Abt in milderem Tonfall fort. „Was war der Grund deiner Reise? Mit welchem Auftrag warst du unterwegs, bevor dich die Wegelagerer überfielen?"

Mike entschied sich für einen Frontalangriff. Wenn er entschlossen genug vorging, würde sich die Vision vielleicht vor seinen Augen auflösen.

„Wir sind gerade auf Tournee. Unsere Platte mit den neuesten Songs ist vor zwei Monaten rausgekommen, und die Verkaufszahlen sind super. Noch nie hatten wir auf Anhieb einen so guten Start. Die Konzerte sind schon seit Monaten ausverkauft, wir müssen sogar Sondervorstellungen geben."

An dieser Stelle rief sich Mike den dröhnenden Applaus ins Gedächtnis zurück. Doch alle Anstrengungen waren vergebens. Die Vision blieb, der Abt wankte und schwankte nicht, und das Verhör ging weiter.

„Du bist also ein fahrender Sänger?"

Wie sich das anhörte! So, als wäre er kein berühmter Star, sondern würde für ein paar Groschen durch die Lande tingeln!

„Mit *Ink of Change* sind wir sogar in Amerika bekannt geworden“, trumpfte Mike auf, um die Sache ein bißchen ins richtige Licht zu rücken.

„Amerika?“

„Jetzt sag’ bloß, daß Amerika noch nicht entdeckt worden ist!“

„Ich weiß nicht, wovon du sprichst, Bruder.“

Mike bedeckte stöhnend sein Gesicht. „Ich habe diesen verdammten Traum satt! Womit hab’ ich das verdient? Ich mag nicht mehr! Ich will nach Hause.“

Der Abt berührte behutsam seinen Arm. „Wenn du Probleme hast, dann vertraue sie mir an und erleichtere dein Gewissen.“

Es war gerade die Milde, die das Faß zum Überlaufen brachte. Mike nahm die Hände vom Gesicht und brüllte den Abt an: „Das Problem ist, daß du und dein Kloster nur in meiner Einbildung existieren!“

„Aber natürlich“, sagte der Abt, ohne sich aus der Ruhe bringen zu lassen. „Die Welt ist ein Traum. Das wirkliche Leben findet im Himmel statt.“

Mike ließ den Kopf hängen. Er fühlte sich mit einem Mal unendlich erschöpft. Er hatte nicht einmal mehr die Kraft, dem Abt richtig zuzuhören. Die Worte plätscherten an seinem Ohr vorbei, ohne daß er den eigentlichen Sinn wahrnahm.

„... bist du des Umherziehens müde. Was nützt es, nach weltlichen Gütern zu streben? Eine schöne Stimme ist ein Geschenk Gottes. Willst du damit nicht den Herrn preisen? Unser Chor braucht dringend neue Leute. Nimm es als ein himmlisches Zeichen, daß dich Bruder Daniel hierher gebracht hat. Dein Platz ist hier bei uns.“

Vom Steinboden stieg Kälte auf. Von den Füßen bis zu den Waden fühlten sich Mikes Beine an wie pures Eis. Frierend schlug er die Arme um seinen Oberkörper. Der Mönch, der neben ihm stand, blickte ihn tadelnd an. Mike gab den Blick zurück.

„Verdammt kalt hier, oder nicht? Wie haltet ihr das nur im tiefen Winter aus? Man holt sich ja den Tod!“

„Unterhaltungen sind während des Chorgesangs streng verboten“, zischte der andere.

Mike schnitt eine Grimasse. Das Leben im Kloster bestand offenbar nur aus Regeln und Verboten.

Zuerst hatte er den Vorschlag des Abts gar nicht so schlecht gefunden. Immerhin konnte er auf diese Weise seiner Lieblingsbeschäftigung – nämlich Musik zu machen und zu singen – nachgehen, zum anderen brauchte er sich nicht um Unterkunft und Verpflegung zu sorgen. Beides stand ihm im Kloster zur Verfügung. Mike hatte es für eine ganz annehmbare Zwischenlösung gehalten. Er fühlte sich in der Klostergemeinschaft gut aufgehoben, solange er nicht wußte, ob die Erlebnisse zu seiner Einbildung gehörten oder ob sich die Wirklichkeit tatsächlich so verändert hatte. Insgeheim rechnete Mike damit, daß der Traum ebenso abrupt enden würde wie er begonnen hatte.

Doch je mehr Zeit verstrich, ohne daß eine Änderung eintrat, desto mehr empfand Mike die Regeln und Vorschriften als einengend. Als Novize war er getrennt von den anderen Klosterbrüdern untergebracht worden, und ein älterer Mönch hatte ein strenges Auge auf ihn. Mike fand die Aufpasserei albern. Er war ein erwachsener Mensch und bisher in seinem Leben ganz gut zurechtgekommen. Jetzt war ihm wieder die Rolle eines Schülers aufgedrängt worden. Mike hatte nicht die geringste Lust, sich in Demut zu üben, wie es der alte Mönch von ihm verlangte.

„Du sollst deine Feinde lieben.“

„Meinst du etwa, die lieben mich?“

Der Mönch ging nicht darauf ein, sondern fuhr mit seinen Vorhaltungen fort.

„Du sollst nicht stolz sein und nicht trunksüchtig.“

„Seit ich hier im Kloster bin, habe ich noch keinen Tropfen Wein zu mir genommen.“ Mike gähnte, zum einen, weil ihn das Gespräch allmählich langweilte, und zum anderen, weil er schon kurz nach Mitternacht hatte aufstehen müssen.

„Du sollst nicht schlafsüchtig sein", tadelte ihn der Mönch sogleich.

„Und du sollst nicht soviel reden", gab Mike zurück. Er grinste. „Auch eine Vorschrift des heiligen Benedikt, die du mir gestern beigebracht hast."

Der alte Mönch geriet einen Augenblick lang ins Schleudern, faßte sich jedoch gleich wieder. „Wahrlich, in den vergangenen Jahren habe ich keinen einzigen Novizen erlebt, der so aufmüpfig gewesen ist wie du. Ich bezweifle, ob das Klosterleben für dich geeignet ist."

Es gab noch mehr Mönche, die sich über den Neuling wunderten. Im Chor fiel Mikes volle, kräftige Stimme auf. Allerdings sang er manchmal falsch, weil er den lateinischen Text nicht beherrschte. Oder er irrte sich im Rhythmus und brachte den Gesang einiger Klosterbrüder durcheinander.

Am schlimmsten fand Mike aber den geregelten Tagesablauf. Als Rocksänger war er daran gewohnt, sich manchmal eine Nacht um die Ohren zu schlagen. Dafür war er vormittags vor zehn Uhr nicht ansprechbar, und er haßte es, wenn das Telefon ihn aus dem Bett klingelte.

Hier war es kein Telefon, sondern eine Glocke, mit denen die Mönche durch die Räume zogen, um die Klosterbrüder zu wecken. Die erste Andacht fand bereits kurz nach Mitternacht statt. Tiefe Dunkelheit herrschte ringsum, kein Streifen Licht zeigte sich am Horizont, und doch lobten und priesen die Mönche um diese Zeit bereits den neuen Tag.

Mike wurde jedesmal aus dem Schlaf gerissen. Übernächtigt und fröstelnd folgte er seinem Lehrmeister ins Chorgestühl, wo sich die anderen Mönche versammelt hatten. Manch einem fielen während des Wechselgesangs die Augen zu, was als schlimmes Vergehen galt. Auch Mike hatte ständig mit dem Schlaf zu kämpfen. Sobald es der alte Mönch merkte, knuffte er Mike unsanft in die Rippen.

„Kannst du dich nicht zusammennehmen, du Schlafmütze?“

Mike verabscheute ihn dafür. Er fing an, die nächtliche Aufsteherei zu hassen, denn nie bekam er genügend Schlaf. Sein Körper begann sich allmählich zu wehren. Fast ständig hatte er Kopfschmerzen, der kalte Boden war schuld, daß ihm Knöchel und Zehen wehtaten, und schließlich kam eine fiebrige Halsentzündung dazu, die ihn wieder aufs Krankenbett warf. Bruder Johannes ließ ihn unermüdlich mit Salbeitee gurgeln, und Mike wußte, daß Salbei ihm bis an sein Lebensende zuwider sein würde.

Die Halsentzündung entpuppte sich als hartnäckig. Fieberträume und Schweißausbrüche wechselten einander ab. Einige Zeit lang war Mikes Hals so in Mitleidenschaft gezogen, daß seine Stimme versagte und er nur flüstern konnte. In einer Nacht kam es zur Krise. Er träumte sehr heftig von dem Reutlinger Konzert. Rolf, Volker und Frank wollten wissen, wo er solange gewesen sei.

„Du verpatzt den Auftritt“, warf Rolf ihm vor. „Die Hälfte der Leute ist schon gegangen, weil du nicht mehr gesungen hast. Los, jetzt mußt du alles nachholen!“

„Aber mein Hals“, wandte Mike ein.

„Singe!“ befahl Rolf.

Und Mike sang. Zuerst den Song „Ink of Change“ und danach „Lost voyager“. Noch nie war ihm der Text so nahegegangen wie jetzt. Er sang sich buchstäblich die Seele aus dem Hals.

Danach kam er wieder zu sich. Es war früher Morgen. Schwach drang der Mönchsgesang an sein Ohr. Decke und Laken waren schweißnaß, er selbst fühlte sich unendlich matt und schwach.

„Das war der Höhepunkt deiner Krankheit“, sagte Bruder Johannes zu ihm. „Jetzt wirst du gesund werden.“

„Ich habe Durst“, flüsterte Mike, zutiefst niedergeschlagen. Er befand sich noch immer im Kloster. Das, was er für Wirklichkeit gehalten hatte, war nur ein Traum gewesen.

Vor Enttäuschung traten ihm die Tränen in die Augen. Er biß sich auf die Lippen, um die Gefühlsregung zu unterdrücken.

Bruder Johannes hielt ihm einen Krug an die Lippen. „Dieser Trank löscht deinen Durst und bringt dir einen leichten Schlaf."

Es schmeckte zum Glück nicht nach Salbei. Mike trank den Krug in einem Zug aus und schloß erschöpft die Augen. Seine Gedanken gingen auf Wanderschaft, und er grübelte zum x-ten Mal darüber nach, warum er wohl in dieses merkwürdige Kloster gekommen war. Bruder Johannes dagegen nahm an, daß Mike schlief. Er kümmerte sich um einen anderen Kranken. Bruder Paulus hatte sich wenige Tage zuvor ein Bein gebrochen und mußte das Bett hüten.

Bruder Johannes fand den Kranken munter. Bruder Paulus wäre am liebsten aufgestanden.

„Du mußt ruhig liegenbleiben", mahnte Bruder Johannes den Mönch. „Sonst wachsen deine Knochen schief zusammen."

Bruder Paulus brummte ein bißchen, während der andere nachsah, ob der Verband noch festsaß.

„Was ist mit ihm?" fragte Bruder Paulus und wies mit dem Kopf in die Richtung, in der Mike lag.

„Er hat die Krankheit überstanden und wird genesen", erwiderte Bruder Johannes.

„Warum hat er heute nacht so gesungen?" beschwerte sich der Kranke. „Es waren wahrhaft teuflische Lieder! Ich verstand kein einziges Wort, aber meine Beine fingen von allein an zu zucken und bewegten sich im Takt."

Bruder Johannes war es ähnlich ergangen. Er hatte gerade Salben gemischt, als der Gesang begonnen hatte. Seine Hände waren davon ganz nervös geworden, und er hatte sogar einen Tondeckel zerbrochen.

„Noch nie habe ich derartige Lieder gehört", gab er zu. „Sie haben mir Angst gemacht, aber anscheinend haben sie die Krankheit vertrieben."

Bruder Paulus sah ihm fest in die Augen. „Meinst du, es geht mit rechten Dingen zu?"

„Du denkst, er ist vielleicht ein Zauberer oder ein Dämon?" Bruder Johannes dämpfte seine Stimme.

„Man kann nie wissen. Was tut er überhaupt hier im Kloster? Warum hat der Abt ihn aufgenommen? Es geht das Gerücht, daß er dem Kloster nicht einmal ein Landgut geschenkt hat. Warum ist er dann hier bei uns?"

Obwohl Bruder Johannes die Antwort flüsterte, verstand Mike jedes Wort.

„Der Abt hat sich lange mit Bruder Daniel unterhalten, der ihn im Schnee gefunden hat. Es gibt da das Rätsel mit den Fußspuren. Bruder Daniel ist davon überzeugt, daß er vom Himmel gefallen sein muß. Sie haben einen Namen für ihn gefunden: *Michel von Wolkenheim.* Seine gewaltige Größe und die Makellosigkeit seiner Haut – alles spricht für einen Engel."

Bruder Paulus schnappte hörbar nach Luft.

„Der Abt glaubt zwar, daß er nicht unbedingt ein Erzengel ist", fuhr Bruder Johannes fort. „Er hält ihn eher für einen niederen Engel. Möglicherweise ist er gekommen, um zu prüfen, ob hier im Kloster die Regeln des heiligen Benedikt eingehalten werden oder ob in unserer Gemeinschaft Völlerei und Sünde herrschen."

Bruder Paulus schwieg. Danach murmelte er: „Dieser Gesang heute nacht stammt schwerlich aus einer Engelskehle."

„Ich gebe zu, auch mir sind Zweifel gekommen", räumte Bruder Johannes ein.

„Und wie steht es mit der Gegenpartei?"

„Wie meinst du das?"

„Nun, ist Luzifer nicht ein gefallener Engel? Es heißt, er sei sehr schön gewesen, der schönste von allen." Bruder Paulus stockte. „Und wenn keine Fußspuren im Schnee waren, kann dieser Michel von Nirgendwo genausogut von unten anstatt von oben gekommen sein."

„Hätte da nicht ein Loch in der Erde sein müssen?"

„Der Schnee kann es verdeckt haben."
„Und warum sollte er in unser Kloster kommen?"
Bruder Paulus dachte nach. „Um zu verhindern, daß unser Chor weiterhin schöne Lieder zu Ehren des Herrn singt. Möglicherweise will er uns zu anderen Gesängen verleiten."
„Darüber müssen wir mit dem Abt sprechen", meinte Bruder Johannes, dessen Stimme vor Unsicherheit schwankte. „Vielleicht ist unser Kloster in großer Gefahr."
Mike hatte genug gehört. Am liebsten hätte er lauthals gelacht. Doch dann erinnerte er sich an die Schrecken des Mittelalters: Ketzer waren erbarmungslos verfolgt worden; Leute, die man der Zauberei oder der Hexerei verdächtigt hatte, waren gefoltert und verbrannt worden, Beschuldigte wurden tage- und nächtelang verhört ...
Mikes Herz schlug bis zum Hals. Doch dann gewann die Vernunft Oberhand über die Angst, und er zwang sich, nachzudenken und alle weiteren Schritte genau zu planen.
Seine Umgebung war eindeutig mittelalterlich – egal, ob es sich nun um einen Traum oder um die Wirklichkeit handelte. Er konnte damit rechnen, daß sich die Personen ringsum entsprechend verhielten. Sie waren durchaus fähig, ihm Unannehmlichkeiten zuzufügen, und die Schmerzen waren spürbar und wirklich. Mike hatte keine Lust, es erst auf eine Probe ankommen zu lassen. Falls der Abt tatsächlich Verdacht schöpfte, würde es sicher ein langes Verhör geben. Mike konnte seine Herkunft nicht beweisen. Er hatte keine Ausweispapiere bei sich, und außerdem war er sich nicht sicher, ob sie in diesem Fall überhaupt etwas genützt hätten. Er hatte keinen Bekannten, der seine Angaben bezeugen konnte. Der einzige Anhaltspunkt war die Tatsache, daß es im Schnee keine Fußspuren von ihm gegeben hatte – und das sprach nicht gerade dafür, daß er ein normaler Reisender war.
Wie Mike es drehte und wendete – er saß ganz schön in der Tinte! ‚Ich darf nicht länger hierbleiben', schoß es ihm

durch den Kopf. ‚Ich muß dieses Kloster verlassen, bevor sie mich in den Schwitzkasten nehmen.‘

Am liebsten wäre er auf der Stelle von seinem Lager aufgesprungen, doch er war noch viel zu schwach, und seine Beine hätten ihn nicht getragen. Außerdem wollte eine Flucht besser geplant sein.

‚Irgendwie muß ich am Pförtner vorbeikommen‘, grübelte Mike. Das war nicht einfach, denn durch seine Körpergröße fiel er auf. Wie konnte er sich nur unbemerkt davonschleichen?

‚An Vorräte muß ich denken‘, überlegte Mike. ‚Ein Reittier wäre zwar nicht schlecht, doch es ist nicht unbedingt notwendig.‘ Natürlich würde er mit einem Pferd schneller vorankommen. Aber welche Richtung sollte er überhaupt einschlagen?

‚Hannover‘, hämmerte es in seinem Kopf. Tief im Herzen hoffte Mike, in seiner Heimatstadt die gewohnten Umstände vorzufinden. Vielleicht würde der Spuk dort enden.

Das größte Problem aber war vorerst, wie er unbemerkt den Klosterbezirk verlassen konnte. Während er krank war, stand er unter Bruder Johannes’ Kontrolle, und ansonsten wachte der alte Mönch über ihn. Er konnte so gut wie keinen Schritt alleine tun. Die argwöhnischen Blicke der anderen Mönche begleiteten ihn, sobald er sich irgendwo im Kloster zeigte. Jetzt war ihm auch klar, warum die Klosterbrüder ihm mißtrauten. Sicher hatten sie auch vernommen, unter welchen rätselhaften Umständen Bruder Daniel ihn gefunden hatte, und sie machten sich so ihre Gedanken. Plötzlich hatte Mike eine Idee. Natürlich! Es gab einen ungestörten Platz!

Nach und nach entstand in seinem Kopf ein Plan ...

Ein Sänger auf Burg Schreyerfels

Erst zwei Tage später konnte Mike sein Vorhaben ausführen. Sein Körper machte nicht früher mit. Als er sich das erste Mal von seinem Lager erheben wollte, fühlten sich seine Beine wie Pudding an. Er knickte jämmerlich in den Knien ein, und alles fing sich zu drehen an. Das Blut dröhnte in seinen Ohren, eine Hitzewelle überflutete ihn, und Mike glaubte, ohnmächtig zu werden. Zum Glück verging der Schwächeanfall, als er sich wieder hinlegte.

„Es geht dir nicht besonders gut?“ fragte der Abt, der in der Tür gestanden und Mikes Bemühungen beobachtet hatte.

„Eben war mir, als hörte ich Engel singen“, murmelte Mike. Es war nicht einmal gelogen, denn ihm war wirklich angst geworden. Er war es gewohnt, daß sein Körper ihm gehorchte. Schwindelgefühle und Schwächezustände waren ihm fremd. Als Rocksänger hatte er regelmäßig Sport getrieben und sich fit gehalten. Doch die Tage im Kloster hatten ihm offenbar stärker zugesetzt, als er es sich eingestand.

„Die Krankheit ist überwunden, aber er ist noch sehr schwach“, berichtete Bruder Johannes. Er schlug die Decke zurück, um zu zeigen, wie Mikes Rippen hervortraten. „Er hat wenig gegessen.“

Der Abt ordnete an, Mike sollte eine kräftige Hühnerbrühe erhalten, dann entfernte er sich wieder. Mike atmete auf. Er hatte schon befürchtet, Rede und Antwort stehen zu müssen, aber anscheinend war ihm noch eine Gnadenfrist gewährt worden.

Am Abend des zweiten Tages fühlte er sich stark genug, um seinen Plan in die Tat umzusetzen. Als er aufstand, schwankte der Boden nur noch geringfügig, und das Gefühl verging, sobald er mit den Füßen aufstampfte.

Bruder Johannes eilte hilfsbereit herbei. „Wohin? Du bist noch nicht kräftig genug, um an der Vesper teilzunehmen. Deine Krankheit entschuldigt dein Fehlen. Du darfst dich nicht selbst überfordern.“

Mike schnitt eine Grimasse. „Wenn jemand im Augenblick etwas von mir fordert, dann ist es die Natur.“

Bruder Johannes begriff. „Ruf ruhig nach mir oder nach einem anderen Mönch, wenn es Probleme gibt.“

Mike hob die Hand und schlurfte aus dem Zimmer. Er warf einen Blick über die Schulter. Niemand folgte ihm. Doch als er um die nächste Ecke bog, kam ihm der dicke Bruder Sebaldus entgegen. Seine Schweinsäuglein blitzten Mike mißtrauisch an.

„Wohin des Wegs, Bruder Michel?“

„Wo selbst der Kaiser zu Fuß hingeht“, erwiderte Mike würdevoll.

„Es freut mich zu sehen, daß du wieder gesund bist.“ Bruder Sebaldus verzog seine Lippen zu einem dünnen Lächeln.

Mike tippte seinen Zeigefinger gegen die Brust des Mönchs, lächelte ebenfalls und meinte freundlich: „Du sollst nicht lügen, sagte der heilige Benedikt.“

Bruder Sebaldus schnappte nach Luft, aber Mike ließ ihn einfach stehen und ging weiter. Eigentlich hatte er vorgehabt, einen Abstecher in die Küche zu machen, aber das erschien ihm im Moment zu riskant. Er mußte damit rechnen, daß Bruder Sebaldus ihm folgte. So blieben ihm nur die zwei schrumpeligen Äpfel als Wegzehrung, die er in den vergangenen Tage unter seinem Strohlager versteckt hatte. Er hatte die Äpfel in ein Tuch geknotet und trug sie unter seiner Kutte.

Mike fand den Abtritt zum Glück verlassen vor. Der kleine Verschlag war der zugigste und unfreundlichste Ort im ganzen Kloster. Der kalte Wind pfiff durch die Holzritzen, es war dunkel und ungemütlich. Der Abtritt war ein kleiner Anbau, er ragte über die Klostermauern hinaus, und wenn man durch die Spalten im Boden schaute, sah man einen sanften Hang unter sich liegen. Es hatte tagsüber wieder geschneit, und der Schnee lag inzwischen ungefähr einen dreiviertel Meter hoch. Die Jahreszeit war günstig. Einem mutigen Springer würde nicht allzuviel geschehen.

Mike schätzte die Entfernung bis zum Boden. Zweieinhalb, höchstens drei Meter ... Es kribbelte in seinem Bauch. Er mußte es wagen. Es war der einfachste und unauffälligste Weg.

Probehalber zog Mike an einer Holzlatte. Sie gab sofort nach. Der Anbau war durch und durch morsch, genauso wie er es erwartet hatte. Im Grunde konnte das baufällige Ding jeden Augenblick in Stücke bersten. Mike wunderte sich, warum sich keiner der Mönche über den Zustand der Toilette beschwerte. Vermutlich war die Angelegenheit zu weltlich.

Mike zog zwei weitere Latten aus der Wand. Bei der zwei-

ten mußte er kräftiger anpacken. Es krachte, und der Abtritt neigte sich etwa um fünf Zentimeter, hielt aber noch stand. Jetzt war die Öffnung groß genug für Mike.

Die kühle Nachtluft wehte ihm entgegen. Mike zögerte. Über ihm funkelte der Sternenhimmel. Der Mond kam gerade hinter einer Wolke hervor. Es sah gespenstisch aus.

Mike faßte sich ein Herz. Er *mußte* jetzt springen. Es gab kein Zurück mehr, denn sicher hatte man den Lärm im Kloster gehört. Es war nur eine Frage der Zeit, bis einer kam, um nachzusehen. Mike schluckte. Er war ein guter Schwimmer, und ein Sprung vom Dreimeterbrett war für ihn normalerweise eine Kleinigkeit.

„Es ist gar nicht hoch", redete sich Mike ein. „Und unten ist Wasser ..."

Ihm war, als hörte er auf dem Gang Schritte. Mike murmelte ein Stoßgebet, hangelte sich zwischen den Balken hindurch und stieß sich ab.

Er landete zuerst auf seinen Füßen und kippte dann der Länge nach vorne – zum Glück in den reinen Schnee. Sein Kopf dröhnte, und das Blut rauschte in seinen Ohren, aber er hatte sich nicht verletzt. Nur die beiden Äpfel hatten sich recht unsanft gegen seine Brust gedrückt und waren jetzt vermutlich Mus.

Mike rappelte sich auf und klopfte den Schnee von seiner Kutte. Dann warf er einen Blick nach oben. Von unten sah es verdammt hoch aus! Und er hätte auch nicht sehr viel weiter daneben springen dürfen!

Er hörte, wie über ihm die Balken ächzten. Dann erschienen dort oben die Umrisse einer massigen Gestalt – Bruder Sebaldus!

„Bruder Michel, bist du etwa durch den Abtritt gefallen?"

Mike konnte nicht entscheiden, ob es Schadenfreude oder Sorge war, die in seinem Tonfall mitschwang. Er formte die Hände zu einem Trichter und brüllte zurück:

„Das Ding ist lebensgefährlich. An eurer Stelle würde ich nur noch das Gästeklo benutzen!"

Und bevor sich Bruder Sebaldus von dem Schock erholen konnte, rannte Mike den Abhang hinunter und machte sich davon.

„Huch, was für eine unheimliche Nacht!“ meinte Adelgunde und schob den Vorhang beiseite, um besser aus dem Wagenfenster schauen zu können. Der bleiche Vollmond leuchtete zwischen den kahlen Bäumen hindurch. „Wenn uns jetzt ein Räuber überfallen würde?“

„Du sollst deiner Mutter nicht immer solche Angst machen“, tadelte Herzog Eberhard von Schreyerfels seine Tochter und warf einen Blick auf seine Frau, die neben ihm saß. Trotz der Dunkelheit erkannte er ihr scharfgeschnittenes Profil mit der Raubvogelnase. Er fühlte wieder, wie Stolz in ihm aufstieg. Birgitta war eine gewandte Frau, und sie führten eine glückliche Ehe. Es war gut sechzehn Jahre her, seit er Birgitta von Süderburg zu sich heim auf Burg Schreyerfels geführt hatte. Schon im Jahr darauf war Adelgunde geboren worden, sein reizendes Töchterlein. Zum Glück hatte Adelgunde nicht die Nase ihrer Mutter geerbt, sondern an ihrem Gesicht war alles weich und rund. Sie hatte braune Haselnußaugen, ein zierliches Näschen und schönes, braunes Haar. Es fiel von Natur aus in Locken und brauchte keine stundenlange Behandlung wie die unzähligen Ringellöckchen seiner Frau.

‚Adelgunde ist wohl das hübscheste Mädchen im ganzen Herzogtum‘, dachte Eberhard voller Vaterstolz. ‚Wenn sie bloß nicht immer so schreckliche Einfälle hätte. Sie hat ein weiches Herz und eine überschäumende Phantasie.‘

Er machte sich ein bißchen Sorgen um Adelgunde. Ihre Hochzeit mit dem jungen Martin von Falkenstein war nochmals um ein Jahr verschoben worden. Das hatte Birgitta zwar nicht gefallen, aber Eberhard selbst fand es eigentlich sehr vernünftig. Adelgunde war so ungestüm. Im vergangenen Sommer war sie noch auf Bäume geklettert, ihr Stickzeug warf sie schon beiseite, sobald sie sich ein einziges Mal in den Finger gestochen hatte, außerdem interessierte es sie nicht im geringsten, wie man das Personal einer Burg beaufsichtigte und geschickt zur Arbeit anhielt. Eberhard seufzte. Zumindest beklagte sich Adelgunde nicht mehr lauthals darüber, daß sie nicht als Junge zur Welt gekommen war. Das war immerhin ein Fortschritt. Eberhard glaubte sogar, daß Adelgunde inzwischen ein gewisses Interesse für das andere Geschlecht zeigte. Leider nicht unbedingt für Martin von Falkenstein, mit dem sie verlobt war. Wenn Adelgunde von ihm sprach, dann lachte sie und nannte ihm zum Ärger ihrer Mutter einen „blassen, kalten Frosch".

Eberhard konnte ihr deswegen nicht böse sein. Adelgunde hatte einen wachen Blick. Die Beschreibung von Martin war spitz, aber zutreffend. Martin hatte hellblondes Haar und eine sehr weiße, empfindliche Haut. Seine grünblauen Augen quollen ein wenig hervor, besonders dann, wenn Martin sich über etwas aufregte – was aber nur selten vorkam. Martin war einer der leidenschaftslosesten Menschen, die Eberhard kannte. Wahrscheinlich hätte er nicht einmal mit seinen hellblonden Wimpern gezuckt, wenn neben ihm der Burgturm eingestürzt wäre.

Es hatte lange Diskussionen wegen Martin gegeben.

„Er ist der langweiligste Mensch auf der Welt", hatte Adelgunde behauptet. „Ich will ihn nicht heiraten."

„Ein ruhiges, ausgeglichenes Gemüt hat einiges für sich", hatte Eberhard seiner Tochter entgegengesetzt. „Und außerdem ist er der Sohn von meinem Freund Anselm von Falkenstein und eine sehr gute Partie. Wir alle blicken dieser Verbindung mit Freude entgegen."

„Alle außer mir", hatte Adelgunde frech behauptet. Daraufhin hatte sie von Birgitta eine Woche Hausarrest bekommen, in der sie weder die Burg verlassen noch ihren Hengst *Edelstein* reiten durfte, den sie so sehr liebte. Nach dieser Woche schien es, als hätte sich Adelgunde mit ihrem Schicksal abgefunden. Jedenfalls sprach sie nicht mehr davon.

‚Wenn sie erst einmal mit Martin verheiratet ist, wird die Liebe schon noch kommen', dachte Eberhard zuversichtlich. ‚Eine Vernunftehe ist ohnehin besser als blinde Leidenschaft.'

In diesem Augenblick rumpelte der Wagen über eine unebene Stelle, und die Insassen wurden durchgeschüttelt. Der Weg war eine Katastrophe, und es hatte tagsüber erst wieder geschneit. Normalerweise wäre Herzog Eberhard bei diesem Wetter auf seiner Burg geblieben, aber der Besuch auf Falkenstein war schon lange überfällig gewesen, und Birgitta hatte unbedingt mit dem neuen Wagen fahren wollen. Er war extra von einem französischen Wagenbauer angefertigt worden, und man hatte weder beim Material noch bei der Ausführung Kosten gescheut. Mit Genugtuung hatte Birgitta den Neid in den Augen der Falkensteiner gesehen.

„Ho, ho!" ertönte draußen der Ruf des Kutschers. Die Wagenräder waren in einem Loch steckengeblieben, und nur mühsam zogen die Pferde das Gefährt wieder heraus.

„Weißt du, welcher Tag heute ist?" fragte Birgitta, nachdem sich der Wagen wieder in Bewegung gesetzt hatte. Sie wartete die Antwort ihres Gemahls nicht ab, sondern fuhr fort: „Vor neun Jahren ist die Süderburg abgebrannt."

Eberhard erinnerte sich nur zu gut daran. Noch immer ragten die schwarzen Trümmer der Burg aus dem Wald. Man hatte die Süderburg nach der Feuersbrunst nicht mehr aufgebaut. Birgittas Vater war damals in den Flammen umgekommen. Es war Brandstiftung gewesen. Ein Ritter namens Reginald hatte das Feuer gelegt, nachdem er erfahren hatte, daß Birgitta längst mit einem anderen Mann verheiratet war. Man hatte Reginald nie gefaßt. Entweder war er tot, oder er hatte das Land verlassen. Birgitta war über die Zerstörung der Süderburg untröstlich gewesen und hatte sich bittere Vorwürfe gemacht.

„Ja, es stimmt, Reginald und ich waren einmal zusammen auf der Falkenjagd gewesen. Er sah mich mit glühenden Augen an, pries meine Schönheit und den klassischen

Schwung meiner Nase. Ich hielt seine Schmeicheleien für Minne – nicht für echte Liebe. Außerdem – Reginald war spotthäßlich und überdies tief verschuldet. Er kam für mich überhaupt nicht in Betracht."

Mit einem derartigen Racheakt hatte Birgitta jedoch nie gerechnet. Die Süderburg in Schutt und Asche! Es war einfach entsetzlich. Jedesmal, wenn Birgitta von der Süderburg erzählte – und das Thema war unerschöpflich –, wurde sie in ihrer Erinnerung größer und prächtiger. Eberhard, der wußte, welch alte Bruchbude die Burg in Wirklichkeit gewesen war, widersprach seiner Frau dabei nie. So wuchs Adelgunde in dem Glauben auf, daß die Süderburg ein Märchenschloß gewesen war, in dem man ihrer Mutter jeden Wunsch von den Augen abgelesen hatte.

Wieder blieb der Wagen im Schnee stecken. Der Kutscher fluchte. Birgitta schloß genervt die Augen.

„Warum kommen wir nicht weiter? Was ist los? Wir bewegen uns überhaupt nicht mehr!"

„Ich werde nachsehen", versprach Eberhard und kletterte umständlich aus dem Wagen. Die Herzogin und ihre Tochter hörten, wie er sich draußen mit dem Kutscher unterhielt. Kurz darauf erschien sein Gesicht vor dem Fenster.

„Der Wagen ist festgefahren, und die Pferde schaffen es nicht, ihn aus dem Schnee zu zerren. Ihr müßt leider aussteigen."

„Aussteigen?" wiederholte Birgitta mit hochgezogenen Augenbrauen. „Soll das ein Scherz sein? Wir werden uns im Schnee die Schuhe verderben!"

Eberhard, der seine Gemahlin sonst gerne auf Händen trug, stöhnte leise. „Birgitta, wenn wir die Nacht nicht im Wald verbringen wollen, dann müßt ihr aussteigen. Der Wagen ist ohne euch leichter."

Birgitta brummte etwas, das keiner verstand, dann raffte sie umständlich ihre Röcke und kletterte hinaus. Adelgunde folgte ihr. Leichtfüßig sprang sie aus dem Wagen und versank bis zu den Waden im Schnee.

„Wir werden uns den Tod holen“, schimpfte die Herzogin. „Nur wegen des unfähigen Kutschers, der offenbar noch nie einen Wagen gelenkt hat.“

Der Kutscher hatte ihre Worte gehört. „Der Wagen ist zu schwer für zwei Pferde“, verteidigte er sich. „Es müßten vier sein.“

„Unsinn“, widersprach der Herzog. „Der Wagen hat genau die richtige Größe für zwei Pferde, das hat mir der Wagenbauer bestätigt.“

„Ja, aber Ihr habt die Ausführung aus schwerem Eichenholz gewünscht und die dicke Polsterung“, sagte der Kutscher. „Das ist zusätzliches Gewicht.“

Wieder zogen die Pferde an. Die Wagenräder steckten aber so tief im Schnee, daß sich die Tiere vergeblich abmühten.

Birgitta stampfte ungeduldig mit den Füßen auf. Trotz des pelzgefütterten Mantels war ihr kalt. Adelgunde fror ebenfalls, doch sie fand die Situation ganz aufregend. Der Mond schien durch die Bäume und verzauberte den Schnee mit seinem Licht. Irgendwo schrie eine Eule. Adelgunde stellte sich vor, was wohl geschehen würde, wenn plötzlich eine Räuberbande auftauchte. Ob sie sich damit begnügen würde, ihr und ihrer Mutter allen Schmuck abzunehmen? Oder würden sie sie entführen, um hinterher vom Herzog ein hohes Lösegeld zu fordern? Oder würde sich der Räuberhauptmann am Ende in Adelgunde verlieben und von ihr verlangen, mit ihm sein unstetes Leben zu teilen? Adelgundes Herz klopfte schneller. In ihrer Vorstellung sah sie den Räuberhauptmann bereits vor sich: einen hochgewachsenen kühnen Mann mit flammenden Augen und dunklen Haaren, der schnittig zu Pferde saß und dessen Mut keine Grenzen kannte. Ohne viel Worte würde er Adelgunde einfach auf sein Roß heben und mit ihr davonreiten ...

Adelgunde spürte einen angenehmen Schauder auf der Haut.

‚Natürlich muß ich erst einmal um Hilfe schreien‘, dachte

sie. ‚Und dann werde ich ihn fragen, was ihm eigentlich einfällt. Wenn er sich bei mir entschuldigt und mich mit seinen glühenden Augen zärtlich ansieht, dann werde ich ihm vielleicht sein grobes Benehmen verzeihen …'

Weiter kam sie mit ihren Phantasien nicht, denn der Kutscher forderte nun, der Wagen müsse angeschoben werden. Herzog Eberhard hielt die Pferde, der Kutscher watete durch den Schnee und stemmte sich von hinten gegen den Wagen.

„Ho-ruck, ho-ruck …"

Die Pferde spannten ihre Muskeln an. Doch der Wagen rührte sich kein Stück von der Stelle. Der Kutscher wischte sich erschöpft den Schweiß von der Stirn.

„Vermutlich müssen wir warten, bis der Schnee schmilzt, um den Karren wieder flott zu kriegen."

„Noch einmal!" Der Herzog zog an den Zügeln. Der Kutscher schob und drückte. Vor lauter Anstrengung zeichneten sich die Adern auf seiner Stirn ab. Diesmal ruckte der Wagen.

„Ich brauche einen zweiten Mann, der schiebt", ächzte der Kutscher. „Dann geht es vielleicht."

„Soll ich die Pferde führen?" bot sich Adelgunde an.

„Aber Kind!" tadelte Birgitta sogleich. „Was für ein absurder Gedanke!"

„Warum?" fragte Adelgunde. „Es ist doch ein Notfall, und mit Pferden kenne ich mich aus."

In diesem Augenblick knackte hinter ihnen ein Zweig. Die Reisenden zuckten zusammen. Adelgunde drehte sich um. Sie erkannte zwischen den Bäumen eine hochgewachsene Gestalt und stieß einen Schrei aus.

„Da kommt ein Mönch", stellte der Herzog verwundert fest.

„Eine Kutte bedeutet nicht, daß er Erbarmen mit uns hat", haspelte Birgitta hysterisch. „Wo hast du schon wieder dein Schwert, Eberhard?"

„Es liegt im Wagen."

Mike Fay rannte, stolperte und fiel in den Schnee. Nur weg vom Kloster! Anfangs war er überzeugt, man werde ihn verfolgen. Sicher hatte Bruder Sebaldus nichts besseres zu tun, als den anderen Mönchen Bescheid zu geben. Ob man einen Suchtrupp nach ihm ausschicken würde?

Mike rappelte sich wieder auf und rannte weiter. Bald schmerzte seine Lunge von der kalten Luft. Er verlangsamte sein Tempo. Das Herz schlug ihm bis zum Hals. Er war nicht so fit wie gewohnt. Die Krankheit hatte ihn doch sehr mitgenommen. Mike lehnte sich gegen einen Baumstamm und wartete, bis Atem und Puls ruhiger wurden. Er zwang sich, vernünftig nachzudenken. Die Flucht aus dem Kloster war zwar gelungen, aber wie sollte es jetzt weitergehen? Sicher, er würde versuchen, Hannover zu erreichen, doch zu Fuß war es bestimmt ein weiter Weg. Außerdem besaß er weder Geld noch andere Wertgegenstände, die er gegen Unterkunft und Lebensmittel eintauschen konnte.

Mike seufzte und schloß die Augen. Tiefe Niedergeschlagenheit überfiel ihn. Das Ganze war Wahnsinn! Er glaubte eigentlich immer weniger daran, daß sich der Traum plötzlich auflösen würde. Wahrscheinlich war er tatsächlich durch irgendeinen Umstand in die Vergangenheit geraten.

Mike ging langsam weiter. Er dachte an die Science-Fiction-Bücher, die er gelesen hatte und an die Filme, die er kannte. Manchmal war ein Held von außerirdischen Raumschiffen entführt und in einer anderen Zeit wieder abgesetzt worden. Oder er war durch ein Loch in der Zeit gefallen und in der Vergangenheit gelandet. Manche Männer hatte es auch in die Zukunft verschlagen …

‚Aber das waren alles Geschichten‘, grübelte Mike. ‚Irgendwelche versponnenen Leute haben sich solche Stories ausgedacht. In Wirklichkeit passiert das nicht. Erst neulich hab’ ich einen Vortrag im Fernsehen gesehen, in dem ein Wissenschaftler bewiesen hat, daß es unmöglich ist, eine Zeitmaschine zu bauen.‘

„Es ist unmöglich", sagte er so laut, daß er selbst erschrak.

In der Nähe schrie eine Eule, und Mike zuckte zusammen. Die Nachtluft durchdrang seine Kutte, und er spürte die Kühle bis auf die Haut. „Wenn ich eine Lungenentzündung bekomme, dann löst sich das Problem von selbst", murmelte Mike sarkastisch. „Dann brauche ich mir nicht länger den Kopf über Traum und Wirklichkeit zu zerbrechen."

Wieder schrie die Eule. Mike sah einen Schatten davonfliegen.

‚Vielleicht hat sich der Wissenschaftler auch geirrt', überlegte Mike weiter. ‚Es gibt eine Menge Leute, die abgestritten haben, daß es eine bestimmte Sache geben kann, und dann wurde sie doch erfunden. Irren ist menschlich. Die Mönche im Kloster halten die Erde beispielsweise für den Mittelpunkt der Welt.'

Seine Füße waren naß und kalt, und bei jedem Schritt schienen sie schwerer zu werden. Mike hatte ursprünglich vorgehabt, die ganze Nacht zu wandern, um einen möglichst großen Abstand zwischen sich und das Kloster zu bringen. Doch er hatte seine Kräfte überschätzt. Der Schnee war tief und das Gehen sehr anstrengend. Bis zum Morgengrauen würde er es schwerlich durchhalten können. Mit viel Glück ließ sich vielleicht eine Schutzhütte finden. Oder war es sein Schicksal, vor lauter Erschöpfung im Schnee zu erfrieren?

Mike durchquerte ein kleines Waldstück und stieß plötzlich auf einen Weg. Er war zwar uneben und schlecht, aber Hufe und Fußspuren hatten den Schnee an manchen Stellen niedergetreten. Mike beschloß, dem Weg zu folgen. Irgendwann würde er sicher Menschen treffen. Natürlich mußte er damit rechnen, daß Plünderer ihn wieder niederschlugen. Aber vielleicht begegnete er ja auch netten Reisenden, die ihm den Weg nach Hannover wiesen oder ihn sogar ein Stück auf dem Pferd oder im Wagen mitnahmen.

Der Mond folgte ihm durch die Bäume. Traumverloren stapfte Mike durch den Schnee. Er kam sich vor wie der einsamste Mensch auf der Welt. Wie lange würde er wohl laufen müssen, bis er den nächsten Ort, das nächste Haus erreichte?

Ab und zu kreuzten Tierspuren seinen Weg. Es war kein Problem, die Fährte eines Rehs oder eines Hasen zu deuten. Bei anderen Spuren tat sich Mike schwerer. War da ein Fuchs gelaufen oder ein Wolf? Bedeuteten die tiefen Abdrücke im Schnee, daß ein Bär unterwegs gewesen war oder nur ein Ochse?

Unwillkürlich formte sich in Mikes Kopf eine Melodie, die seine Einsamkeit und seine Angst ausdrückte. Er summte leise vor sich hin, und der Text kam ganz von allein.

„Mein Weg führt jetzt ins Nirgendland.
Nie hab' ich größ're Angst gekannt.
Ich weiß nicht, was die Zukunft bringt.
Ist es noch Mike, der dies Lied singt?"

Es war gar nicht so schlecht. Daraus konnte sogar ein großartiger Song werden. Wenn er nur einen Schnipsel Papier hätte, um sich die Melodie und den Text zu notieren. Für die nächste Platte brauchten die *Pelicans* wieder acht bis zehn neue Stücke, und dieser Trip in die Vergangenheit würde ein phantastisches Thema abgeben. Beispielsweise konnte man das Erlebnis im Kloster musikalisch darstellen, wobei sich Teile des eintönigen Mönchsgesangs einbauen ließen ...

Mike blieb abrupt stehen. Es war Wahnsinn! Er wanderte allein durch den Schnee, lief Gefahr, zu erfrieren oder überfallen zu werden, und war in Gedanken bei den Liedern für eine neue Platte! Das war völlig verrückt! Er wußte ja gar nicht, ob er je zu den *Pelicans* zurückkehren würde. Es konnte gut sein, daß er Rolf, Volker und Frank niemals wiedersah!

Der Gedanke war bitter. Mike biß sich auf die Lippen, die von der Kälte ganz spröde geworden waren. Vielleicht war er tatsächlich nicht ganz bei Sinnen. Ihm lag die Musik eben

im Blut. Sie war ein Teil seiner Existenz. Ohne Musik konnte er nicht leben. Sicher, der Ruhm war schön gewesen, und er mochte auch den Erfolg nicht missen, den die *Pelicans* zuletzt gehabt hatten. Aber es war ein unbeschreibliches Gefühl, sich einen Song auszudenken. Zuerst war eine Idee da, die ersten zaghaften Anfänge ... und wie bei einem Puzzlespiel kam dann ein Teil zum anderen, Melodie und Rhythmus wurden gefunden und mit dem Text verbunden. Wenn der Song endlich stand, fühlte Mike jedesmal ein irres Herzklopfen.

Das war es.

Das und nichts anderes. Dieser Moment. Eine Idee war umgesetzt worden, der Song gelungen.

Um nichts in der Welt wollte Mike die Musik aufgeben. Wenn ihm jemand beispielsweise angeboten hätte, ihn in seine vertraute Welt zurückzubringen – unter der Bedingung, nie mehr zu singen und zu spielen –, hätte Mike wahrscheinlich abgelehnt.

Lieber wollte er in dieser verrückten Umgebung bleiben und weiter Lieder machen, selbst wenn er in Zukunft auf Plattenaufnahmen verzichten mußte.

Nachdem sich Mike über diesen Punkt klargeworden war, fühlte er neue Kraft in sich aufsteigen. Er schritt schneller aus.

„Ist es noch Mike, der dies Lied singt?
Tam-ti-tam-tamm, ist es noch Mike?
Hallo Leute, gebt mir Brot, Musik und Wein.
Ich bin Michel, Michel von Wolkenheim."

„Wer bist du?" rief Herzog Eberhard dröhnend. Er hoffte, daß seine Stimmgewalt ausreichte, um den Fremden einzuschüchtern. Er hatte das Schwert losgeschnallt, weil der Gurt nach dem üppigen Essen bei den Falkensteinern so gedrückt hatte. Es war ein bedauerlicher Fehler, so waffenlos dazustehen, und ein zweites Mal würde ihm das sicher nicht passieren – falls er diese Nacht überlebte.

Adelgunde drückte sich an ihre Mutter, und Birgitta umklammerte die Handgelenke ihrer Tochter.

„Ein riesiger Mönch. Gnade uns Gott!" flüsterte die Herzogin. Adelgunde dachte an die unzähligen Märchen und Spukgeschichten, die sie gehört hatte. Häufig waren darin unheimliche Mönche aufgetreten. Vielleicht befanden sie sich gerade an einer Stelle, wo vor Jahrhunderten ein Schatz vergraben worden war, und es war die Aufgabe des Mönches, den Ort zu bewachen.

Adelgundes Herz schlug vor Erregung.

„Wer bist du?" wiederholte der Herzog. Das Beben in seiner Stimme war diesmal nicht zu überhören. Adelgunde vernahm, wie ihre Mutter nach Atem rang.

„Man nennt mich Michel von Wolkenheim", erwiderte der Mönch. Seine Stimme klang außerordentlich sympathisch und wohltönend.

Adelgunde reckte neugierig ihren Hals, um den Fremden genauer zu betrachten. Da der Mond direkt hinter ihm stand, konnte sie sein Gesicht nicht erkennen. Er war wirklich ungewöhnlich groß.

„Wa-was tut Ihr hier mi-mitten in der Nacht?" fragte Eberhard. Er stotterte vor Aufregung. „We-wenn Ihr uns überfallen wollt, da-dann habt Ihr euch einen schlechten Zeitpunkt ausgesucht. Wir haben unseren Fa-familienschmuck zu Hause gelassen. Und a-außerdem sind wir a-arme Leute ..."

Birgitta stöhnte. Der Herzog war ein ganz miserabler Schauspieler, aber es war ihr in den sechzehn Jahren ihrer Ehe nicht gelungen, ihm das klarzumachen. Einen Sekundenbruchteil lang dachte Birgitta an den verschmähten Ritter Reginald, der sich in einer solchen Situation bestimmt anders verhalten hätte. Furchtlos und mutig wäre er dem Mönch entgegengetreten, hätte sein Schwert gezückt und es ihm an den Hals gedrückt, bis er alle gewünschten Auskünfte erhalten hätte.

Zum Glück schien der Mönch keine bösen Absichten zu haben.

„Ich bin froh, endlich Leute zu treffen", sagte er. „Vielleicht könnt Ihr mir sagen, ob ich mich auf dem richtigen Weg nach Hannover befinde oder wie ich am besten dorthin komme."

„Hannover?" wiederholte Eberhard kraftlos. Er hatte noch nie von einem Ort dieses Namens gehört. Allerdings stand es mit seiner geographischen Orientierung nicht zum Besten. Hilflos wandte er sich an seine Frau. „Birgitta, kannst du dem Mann vielleicht weiterhelfen?"

Doch auch die Herzogin war ratlos. „Wir hatten auf der Süderburg einmal ein Karte."

„Aber sie ist leider verbrannt“, ergänzte Adelgunde. Birgitta nickte.

„Vielleicht könnt *Ihr* uns weiterhelfen“, sagte der Herzog und deutete auf den Wagen. „Wir sitzen nämlich fest.“

„Wenn Ihr anschiebt, können wir den Karren vielleicht aus dem Dreck ziehen“, nuschelte der Kutscher.

„Den *Wagen*“, betonte Birgitta.

„Euch schickt der Himmel. Für einen Klosterbruder scheint Ihr außerordentlich stark und kräftig zu sein“, sagte der Herzog einschmeichelnd. „Wir haben schon befürchtet, die Nacht im Wald verbringen zu müssen.“

Mike fühlte sich zwar keineswegs so belastbar, wie er eingeschätzt wurde, denn die Krankheit und die nächtliche Wanderung durch den Schnee hatten ihn sehr erschöpft. Doch hier waren Menschen, und wenn er Hilfe leistete, würde man ihn vielleicht ein Stück mit dem Wagen mitnehmen.

„Ich bin zwar kein Klosterbruder, aber ich versuch's trotzdem“, entgegnete er so munter wie möglich und trat neben den Kutscher. Der Mann musterte ihn abschätzig.

„Na, dann spuckt in die Hände und packt tüchtig mit an!“

Mike stemmte sich gegen den Wagen.

„Ho-ruck, ho-ruck ...“

Die Kopfschmerzen kehrten wieder. Lichtblitze erschienen vor seinen Augen. Der Wagen schien Tonnen zu wiegen ... Der Kutscher neben ihm grunzte abfällig. Mike nahm alle Kräfte zusammen. Da rührte sich endlich der Wagen, und die Pferde zogen ihn aus dem Schnee.

„Fabelhaft“, freute sich der Herzog. „Ihr seid gerade zur rechten Zeit gekommen.“ Dann wurde sein Gesicht ernst. „Ihr sagt, Ihr seid kein Klosterbruder. Wer seid Ihr dann, und warum tragt Ihr eine Kutte?“

„Ich bin von Beruf Sänger“, erwiderte Mike. „Leider wurde ich kürzlich überfallen. Man raubte mir meinen Anzug, deswegen trage ich im Moment diese Verkleidung.“

„Ein Sänger", wiederholte Birgitta interessiert. „Worüber singt Ihr denn?"

„Über Gott und die Welt", erwiderte Mike. „Über das Leben, die Probleme damit und natürlich über die Liebe."

„Dichtet Ihr auch?" fragte Adelgunde aufgeregt.

„Ich schreibe die meisten meiner Lieder selbst", antwortete Mike.

„Aber Ihr tragt ja gar kein Instrument bei euch", stellte der Herzog fest. Er kannte einige fahrende Sänger. Die meisten waren bunte, originelle Figuren. Sie trugen nicht nur interessante Kleider, sondern hatten auch eine Anzahl verschiedener Instrumente bei sich und verfügten über schauspielerisches Talent. Dieser Sänger dagegen kam ihm reichlich armselig vor.

„Mein Instrument ging leider kaputt, als ich überfallen wurde", erklärte Mike.

„Wir haben doch noch die alte Laute zu Hause", platzte Adelgunde heraus.

„Ja, aber von uns kann leider keiner spielen", entgegnete Birgitta. „Als Kind habe ich auf der Süderburg Unterricht bekommen, aber ich war so schrecklich unmusikalisch. Der Lehrer ist verzweifelt und hat die Sache bald aufgegeben." Sie lachte.

„Vielleicht habt Ihr auch einen schlechten Lehrer gehabt", sagte Mike. „Wirkliche Unmusikalität ist außerordentlich selten. Gerade Kinder haben ein natürliches Gefühl für Rhythmus und Tonlagen."

„Das mag sein." Birgitta zog ihren Mantel enger zusammen. „Gebt Ihr auch Unterricht?"

„Eigentlich weniger. Aber es ist eine gute Idee. Vielleicht kann ich mir auf diese Weise den Lebensunterhalt und das Geld für die Reise nach Hannover verdienen." Mike hatte laut gedacht.

„Ihr habt Euch aber eine schlechte Reisezeit ausgesucht, jetzt im Winter", stellte die Herzogin fest. „Habt Ihr denn kein festes Quartier? Ich kann mir vorstellen, daß Eure Musik gerade an den langen Winterabenden die Leute erfreut und die Zeit vertreibt."

„Ja, die Falkensteiner haben in diesem Winter auch einen Sänger auf ihrer Burg", sagte Adelgunde. „Er nennt sich Christoffel von Hildesheim. Kennt Ihr ihn?"

Mike schüttelte den Kopf. „Leider nein." Beim Stichwort Hildesheim schlug sein Herz schneller. Wo Hildesheim war, war Hannover nicht weit ... „Ich würde diesen Christoffel gerne kennenlernen."

„Er ist ein furchtbar mürrischer Kerl", rutschte es Adelgunde heraus. „Und er singt nie, bevor er nicht drei Becher Wein getrunken hat."

„Adelgunde!" wies Birgitta ihre Tochter zurecht.

„Aber es stimmt doch", beharrte Adelgunde. „Außerdem hat er eine entsetzliche Krächzstimme."

„Ist es weit bis zu dieser Burg?" wollte Mike wissen. „Welche Richtung muß ich einschlagen?"

„Am besten folgt Ihr den Wagenspuren, dann könnt Ihr Burg Falkenstein gar nicht verfehlen", sagte Herzog Eberhard.

Birgitta trat zu ihrem Gatten und flüsterte ihm etwas ins Ohr. Der Herzog schüttelte erst den Kopf. Adelgunde hörte, wie er sagte: „Aber wie stellst du dir das überhaupt vor, Birgitta?"

Wieder redete die Herzogin auf ihn ein. Dann blickten beide auf Mike.

Der Herzog räusperte sich. „Könnt Ihr wirklich gut dichten?"

„Ich denke es."

„Äh ... Traut Ihr Euch zu, ein Lied über meine Familie zu schreiben? Natürlich ein langes, mit vielen Strophen."

„Der Brand der Süderburg müßte auch darin vorkommen", sagte die Herzogin schnell.

„Als Gegenleistung könntet Ihr den Winter über auf meiner Burg bleiben", fuhr der Herzog fort. „Wenn wir Gäste haben, müßtet Ihr ihnen natürlich etwas vorsingen. Hm ...

und je nachdem ... wenn Ihr Eure Sache gut macht, dann würde ich Euch für Eure Reise im Frühjahr auch ein Pferd zur Verfügung stellen."

Mike zögerte. Das Angebot kam ein bißchen überraschend. „Ihr meint also –"

„Ich meine, Ihr sollt für einen Winter unser Burgdichter sein", sagte der Herzog. „Natürlich behalte ich mir die endgültige Entscheidung vor, bis Ihr vorgesungen habt. Vielleicht habt Ihr ja auch eine ganz dünne Singstimme." Er lachte nervös. „Hier im Schnee braucht Ihr freilich nicht zu singen."

Mike überlegte. Er würde den Winter lang versorgt sein und sich keine Gedanken um Essen und Unterkunft machen müssen. „Wirklich riesig nett von Euch."

Der Herzog wies zum Wagen. „Steigt ein."

„Danke." Mike kletterte in den Wagen und sank auf das Polster. Erleichtert streckte er seine müden Füße aus. Es hatte den Anschein, als würde sich alles zum Guten wenden.

„Und wir haben wenigstens auch einen Sänger auf der Burg", sagte Birgitta zu ihrem Gatten. „Wenn man ihn ein bißchen herausputzt, macht er eine bessere Figur als dieser versoffene Christoffel."

„Abwarten", meinte der Herzog. „Man soll einen Sänger nicht vor dem ersten Lied loben. Und außerdem – wenn er unsere silbernen Löffel klaut?"

„Wir werden ein Auge auf ihn haben", sagte Birgitta. „Adelgunde, los, steig ein."

Adelgunde kletterte in den Wagen und ließ sich gegenüber Mike nieder. Dabei stieß sie gegen seine Füße.

„Entschuldigung." Mike zog seine Füße ein und grinste das Mädchen an. „Tut mir leid. Ich kann auch nichts für meine langen Beine."

‚Wie süß er lacht', dachte Adelgunde. Ihr wurde mit einem Mal ganz warm.

Der Hit für Adelgunde

„War da nicht ein Geräusch?“ fragte Professor Ambrosius erschrocken.

Heike, Michael und Thomas lauschten angestrengt. Hatte jemand von draußen den schwachen Lichtschein in der Bibliothek entdeckt?

„Taschenlampe aus!“ zischte Thomas. Michael gehorchte.

Jetzt saßen sie ganz im Dunkeln. Über ihnen surrte und knackte es.

„Meinst du, die haben hier eine Alarmanlage?“ flüsterte Heike ängstlich.

Der Erfinder hob den Kopf. „Ich glaube, es ist bloß die Klimaanlage, die sich eingeschaltet hat“, murmelte er. „Meine Güte, ich kriege noch einen Herzschlag, weil wir unerlaubt hier eingedrungen sind. Ihr kostet mich die letzten Nerven!“

Sie warteten noch einige Sekunden, bis sie sicher waren, daß tatsächlich alles ruhig blieb. Dann knipste Michael die Taschenlampe wieder an.

„Jetzt sag uns endlich, was in dem Buch über Michel von Wolkenheim steht“, verlangte Heike.

„Halte die Lampe näher ans Buch. Danke.“ Der Professor las vor: *„Über seine Herkunft ist so gut wie nichts bekannt. Man kennt weder seinen Geburtsort, noch weiß man etwas darüber, wo Michel von Wolkenheim seine Jugend verbracht hat. Bei ‚Wolkenheim‘ scheint es sich um keine Ortsbezeichnung zu handeln. Im Jahr 1236 stand Michel eine Zeitlang in Diensten des Herzogs Eberhard von Schreyerfels. Sein Ruf als hervorragender Sänger und Dichter verbreitete sich rasch. Michel nahm am Sängerwettstreit auf Burg Löwenstein teil. Danach hörte man nie wieder etwas von ihm. Er verschwand unter rätselhaften Umständen. Eine Quelle berichtet, er sei höchstwahrscheinlich umgebracht worden. Herzog Eberhard habe dazu den Auftrag erteilt.“*

„Umgebracht“, hauchte Heike mit tonloser Stimme. „Sie haben Mike Fay getötet.“

„Nicht Mike“, berichtigte der Professor. „Diesen Michel von Wolkenheim. Außerdem ist es nicht sicher. *Höchstwahrscheinlich* heißt es in dem Buch, und bei den alten Schriften weiß man nie.“

Heike schluckte. „Er ist bestimmt tot“, sagte sie erstickt. „Ich fühle es.“

„Einer, der um 1236 gelebt hat, hat inzwischen mit Sicherheit das Zeitliche gesegnet“, erwiderte Professor Ambrosius ungeduldig. „Es wäre höchst unnatürlich, wenn es sich anders verhielte.“

Thomas beugte sich über das Buch und betrachtete noch einmal das Bild. „Jetzt haben wir wenigstens einen Anhaltspunkt. Wir müssen ins Jahr 1236 reisen und die Burg Löwenstein aufsuchen. Irgendwann wird dieser Michel von Wolkenheim dann dort auftauchen.“

„Und wenn er tatsächlich Mike Fay ist, dann laden wir ihn in die Zeitmaschine und bringen ihn nach Hause“, ergänzte Michael.

„Das hört sich so einfach an“, meinte Professor Ambrosius und runzelte die Stirn. „Ich fürchte nur, es wird ein paar Schwierigkeiten geben.“

„Zum Beispiel, wenn Michel gar nicht Mike ist“, sagte Heike düster.

Mike streckte sich aus und stieß mit den Füßen gegen die untere Bettkante. Die Betten in der Burg waren alle verdammt kurz. Herzog Eberhard hatte zwar ein neues Bett in Auftrag gegeben, aber der Schreiner war ein versoffener Geselle und arbeitete nur, wenn er Lust hatte. Als er Maß genommen hatte, hatten seine Hände entsetzlich gezittert, und eine fürchterliche Alkoholfahne war aus seinem Mund gekommen. Sicher hatte der Schreiner ganz falsche Zahlen aufgeschrieben.

„Auf das Bett bin ich ja mal gespannt“, murmelte Mike, während er sich umdrehte. Solange er die Knie anzog, kam er mit der Länge des Bettes ganz gut zurecht. Aber sobald er sich im Schlaf ausstreckte oder sich dehnte, wurden ihm die Grenzen seines Lagers schmerzhaft bewußt. Während eines lebhaften Traums hatte er sich die große Zehe so heftig gestoßen, daß er überzeugt gewesen war, sie müsse gebrochen sein. Eine Woche lang war sie geschwollen gewesen, und Mike hatte sich nur humpelnd fortbewegen können.

Es war kalt im Turmzimmer. Der Ziegelstein, den Mike als Bettwärmer bekommen hatte, war längst ausgekühlt. Er hatte den Stein ärgerlich auf den Fußboden befördert. Mike zog die Felldecke ans Kinn. Jetzt waren seine Füße nackt. Alles war zu kurz und paßte nicht! Mike hatte das Leben auf der Burg inzwischen reichlich satt.

Zuerst war er ja froh gewesen, auf Burg Schreyerfels Unterkunft zu finden. Der Herzog und die Herzogin waren begeistert gewesen, als er ihnen vorgesungen hatte. Die alte Laute, die man ihm gereicht hatte, war natürlich fürchterlich verstimmt gewesen. Mike hatte sie erst einmal nach dem Gehör gestimmt. Dann hatte er ein paar Takte von „Ink of Change“ zum Besten gegeben.

„Es ist eine sonderbare Musik. Sie ist anders als alle Lieder, die ich bisher gehört habe“, hatte der Herzog geurteilt. „Aber es klingt nicht übel.“

Birgitta hatte nach den richtigen Worten gesucht. „Die Melodie hat Feuer. Sobald Ihr anfangt zu singen, ist es, als zünde jemand die Holzscheite im Kamin an.“

„Ihr habt eine gute Stimme“, hatte ihm der Herzog bestätigt. So war Mike im Turmzimmer einquartiert worden. Es war ein runder, hoher Raum mit kleinen Fenstern. Von dort aus hatte er einen guten Ausblick. Er konnte die ganze Gegend überschauen. Wenn Reisende die Burg besuchten, dann sah er sie lange, bevor sie an das Burgtor klopften und um Einlaß baten.

Den meisten Teil des Tages verbrachte Mike damit, am großen Holztisch zu sitzen. Vor ihm lagen ein Stück Pergament und eine Reihe Gänsefedern. In einem kleinen Gefäß befand sich Tinte. Eine Wachstafel und ein Holzgriffel lagen ebenfalls bereit. Herzog Eberhard wünschte sich ein langes Lied über Burg Schreyerfels. Bis zum Frühjahr sollte es fertig sein, und Mike sollte es zum Geburtstag des Herzogs vortragen.

Was sich so einfach angehört hatte, entpuppte sich als mühselige, undankbare Arbeit. Es erschien Mike fast unmöglich, eine Lobeshymne auf die Burg zu schreiben – denn nichts anderes erwartete der Herzog. Mike hätte liebend gerne die zugigen Fenster und die Risse im Gemäuer besungen. Statt dessen mußte er Zeilen texten wie „Trutzig steht die Festung da.“

Der Herzog war nie zufrieden. An jeder Strophe mäkelte er herum, und wenn er einmal nichts auszusetzen hatte, dann fand todsicher Birgitta eine Stelle, die ihr nicht paßte.

Einmal hatte Mike voller Wut das Tintenfaß gegen die Wand geschleudert.

„Verdammter Job, verdammter!“

Der große dunkle Fleck ließ sich nicht entfernen. Er würde wohl noch in Jahrhunderten zu sehen sein.

Mike zweifelte an sich selbst, an seinem Talent, an seiner Dichtkunst. Doch je weniger er mit seiner eigentlichen Aufgabe zurechtkam, desto besser gelangen ihm andere Lieder.

„Wenn ich könnte, wie ich wollte,
statt zu dichten, was ich sollte,
würd' ich nach den Sternen greifen,
ließ' ich Korn im Winter reifen,
würd' ich tanzen, lachen, springen
und euch nur von Liebe singen.“

Mit diesen Songs erntete Mike an den Abenden großen Beifall. Wenn er in der Halle sang, nickte der Herzog zufrieden, die Herzogin hatte glänzende Augen, und Adelgunde ließ keinen Blick von ihm. Selbst die Köchinnen und die Mägde lauschten mit gespannten Gesichtern, und auch die Jagdhunde hörten auf zu jaulen, legten sich flach auf den Boden und wedelten mit den Schwänzen.

Bei seinen Auftritten trug Mike schon lange nicht mehr die schäbige Mönchskutte. Mit den grünsamtenen Beinlingen und dem bestickten Wams bot er einen erfreulichen Anblick. Das dunkle Haar war gewachsen, und er hatte es im Nacken mit einem glänzenden Band zusammengebunden. Wenn sich im Eifer des Gesangs eine Locke daraus löste, seufzte Adelgunde entzückt auf. Mike hatte nie ein dankbareres Publikum gehabt.

Die Küchenmägde summten tagsüber bei der Arbeit die eingängigen Melodien nach. Selbst Birgitta ließ ab und zu ihre Stickarbeiten sinken, klopfte im Takt auf den hölzernen Rahmen und wiederholte leise: „Würd' ich nach den Sternen greifen ... wenn ich könnte, wie ich wollte ...“

Adelgunde aber wurde von Tag zu Tag blasser und hohlwangiger, denn sie fand nachts kaum noch Schlaf. Wenn sie für ein paar Stunden einnickte, dann geisterte durch ihre Träume eine hochgewachsene Gestalt mit langen dunklen Locken.

,Wenn Martin von Falkenstein ihm doch nur ein kleines bißchen ähnlich sähe', dachte sie inbrünstig. ,Wenn er ein wenig von seinem Temperament besäße ... ja, und die Stimme, *seine* Stimme ...' Hatte sie Martin von Falkenstein schon vor Mikes Ankunft unerträglich langweilig gefunden, so bekam Adelgunde nun beim Gedanken an die Ehe mit ihm Magenschmerzen. Nie im Leben würde sie ihn heiraten, und wenn sie tausendmal mit ihm verlobt war! Lieber würde sie fliehen! Oder noch besser, sie würde sich von der Turmspitze stürzen! Ob Mike dann um sie weinen würde?

Irgendwann wurde Adelgunde klar, daß sie sich hoffnungslos in Michel von Wolkenheim verliebt hatte.

Einmal fand sie auf der Treppe ein Band. Es mußte sich aus seinen Haaren gelöst haben. Adelgunde raffte es an sich und versteckte es unter ihrem Kopfkissen. Jeden Abend, bevor sie zu Bett ging, zog sie es hervor und drückte es liebevoll an ihre Wange. Sie bildete sich ein, daß das Band ein wenig nach ihm roch.

Natürlich entging Birgittas scharfem Blick nicht, daß sich Adelgunde verändert hatte.

„Was ist mit dir los? Bist du krank? Du sitzt den ganzen Tag herum, und wenn ich mit dir spreche, dann scheinst du mir überhaupt nicht zuzuhören."

Adelgunde schlug die Lider nieder, denn ihre Augen waren manchmal verräterisch, das wußte sie.

„Es ist der lange Winter, Mama. Die dunkle Jahreszeit drückt aufs Gemüt, das sagst du doch selbst. Ich vermisse die Ausritte mit meinem Hengst Edelstein ... Ach, wenn nur bald das Frühjahr käme!"

„Hm", machte Birgitta, nicht ganz überzeugt. „Und sonst fehlt dir nichts?"

Adelgunde unterdrückte einen Seufzer. Wie gerne hätte sie sich ihrer Mutter anvertraut! Doch sie wußte, daß die

Herzogin ihre Sehnsüchte nicht geduldet hätte. Michel von Wolkenheim war nicht standesgemäß, und außerdem würde Birgitta nie erlauben, die Verlobung mit Martin von Falkenstein zu lösen. Es wäre ein perfekter Skandal.

„Mir fehlt wirklich nichts, Mutter.“ Sie trat zum Fenster und sah hinaus. Dichte Flocken, groß wie Federn, sanken hernieder. Wiesen und Wege verschwanden unter einer dikken Schneedecke.

Birgitta folgte Adelgundes Blick. „Ob die Falkensteiner morgen bei diesem Wetter überhaupt kommen?“ überlegte sie laut.

„Meinetwegen können sie auf ihrer Burg bleiben.“ Adelgundes Antwort kam ein wenig zu schnell und zu atemlos. Birgitta stach sich mit der Nadel, und ein kleiner Blutstropfen quoll aus ihrem Finger.

„Die Falkensteiner sind unsere Freunde“, betonte die Herzogin. „Und ich erinnere dich daran, daß du in einem Jahr Martins Frau sein wirst.“

‚Ich werde alles tun, um dies zu verhindern‘, dachte Adelgunde und schob die Lippen entschlossen vor. Birgitta entging der trotzige Ausdruck nicht. Die Herzogin fand es an der Zeit, ein ernstes Wort mit ihrer Tochter zu reden.

„Deinetwegen haben wir die Hochzeit noch einmal verschoben. Ich hoffe sehr, daß du während dieser Frist zur Reife und Einsicht kommst. Martin ist nämlich ein Schatz.“

„Ein Schatz“, wiederholte Adelgunde verächtlich. „Ich kenne keinen größeren Trottel. Als ich im Sommer mit ihm ausgeritten bin, ging ihm das Pferd durch. Du hättest sehen sollen, wie er sich angestellt hat.“ Sie schnaubte vor Entrüstung. „Das Pferd hat mir so leid getan.“

„Martin ist sehr reich“, entgegnete die Herzogin scharf. „Ich kenne keinen Mann, der eine bessere Partie für dich darstellte. Außerdem ist Martin jung. Oder würdest du etwa lieber den alten Ferdinand von der Kauzburg heiraten?“

„Der hat ja gar keine Zähne mehr und steht schon mit einem Bein im Grab“, entfuhr es Adelgunde.

„Na also.“ Birgitta fühlte sich bestätigt. „Dein Vater und ich, wir wollen schließlich nur das Beste für dich. Und außerdem haben die Falkensteiner mehr Vermögen als dieser Ferdinand von der Kauzburg. Du bist also im doppelten Vorteil.“

Adelgunde dachte an Gold und Reichtum und an das langweilige Leben, das sie an Martins Seite erwartete. Sie schluckte. Dann sah sie sich mit Michel von Wolkenheim von Burg zu Burg reisen, und ihr Herz begann bei dieser Vorstellung sehnsuchtsvoll zu schlagen. Jeden Abend Musik, neue Lieder, Tanz und Spiel! Und sie würde immer bei Michel sein ... Doch einen großen Haken hatte die Sache. Adelgunde kannte keinen einzigen Minnesänger, der in Begleitung einer Frau reiste.

‚Dann werde ich mich eben als Mann verkleiden und mich als sein Diener ausgeben‘, schoß es Adelgunde durch den Kopf. Ihre Augen leuchteten bei dieser großartigen Idee. Das war die Lösung. Sie mußte Michel nur noch dazu bringen, mit ihr zusammen die Burg zu verlassen.

Der Herzogin kam es seltsam vor, daß ihre Tochter auf einmal so strahlte. Worüber freute sie sich? Hatte die Aussicht auf den Reichtum Adelgundes Meinung geändert? Kam sie allmählich zur Vernunft? Oder hatte sie sich eine neue Verrücktheit ausgedacht? Birgitta sah Adelgunde mißtrauisch an.

Adelgunde lächelte unschuldig: „Ich hab’ große Lust, im Burghof einen Schneemann zu bauen.“

„Aber Kind“, sagte Birgitta entsetzt. „In *deinem* Alter!“

„Warum?“ fragte Adelgunde harmlos. „Ist doch nichts dabei, oder?“

Sie stürzte zur Tür hinaus, um weiteren Fragen zu entgehen. Es fiel ihr wirklich schwer, ihre Gefühle vor ihrer Mutter zu verbergen. Aber es gab noch ein anderes Problem, das Adelgunde beschäftigte. Wie stand der Sänger zu ihr? Mochte er sie? Manchmal schien es ihr, als nehme er kaum von ihr Notiz. Doch wenn er sang, warf er ihr gelegentlich einen Blick zu, bei dem ihr ganz schwindelig wurde.

„Sie raubte mir zum Scherz
leider nur mein halbes Herz,
Was tu' ich mit dem andern Ding?
Ahnt sie, was sie da beging?"

Die Zeilen gingen Adelgunde durch und durch. Wen meinte er mit dem Text? Sie schwor sich, es so bald wie möglich herauszufinden. Weil sich Adelgundes Gefühle fast nur noch mit Michel von Wolkenheim beschäftigten, war sie ganz und gar nicht begeistert, als Martin und sein Vater Anselm von Falkenstein am nächsten Tag auf Burg Schreyerfels eintrafen.

Beide Männer waren zu Pferd gekommen. Birgitta eilte in die Halle, um die Gäste zu begrüßen. Adelgunde kam zögernd nach. Sie war sehr blaß. Sie hatte überlegt, ob sie Übelkeit vortäuschen und im Bett bleiben sollte, aber dann würde sie auch Michels Auftritt am Abend versäumen. Das wollte sie unter keinen Umständen.

„Hallo, Gundelchen." Martin trat auf sie zu und lächelte. „Wie geht es dir?"

‚Wenn ich dich sehe, kriege ich Bauchschmerzen', dachte Adelgunde, aber sie lächelte ebenfalls und sagte: „Danke, ich fühle mich ausgezeichnet. Und wie geht es dir?"

Daraufhin erzählte ihr Martin ausführlich, wie sein Lieblingsfalke unter der letzten Mauser gelitten hatte. „Er konnte nicht mehr fliegen und wäre fast gestorben. Er wollte auch nichts mehr fressen. Aber ich hab' jeden Tag für ihn ein halbes Dutzend Mäuse gefangen, die mag er am liebsten. Im Burgverlies gibt's nämlich zum Glück massenweise Mäuse, und so ist mein Falke wieder gesund geworden."

Adelgunde hörte kaum zu. Sie wurde erst wieder aufmerksam, als Martin sagte: „Ist es wahr, daß ihr jetzt auch einen Minnesänger auf eurer Burg habt?"

„Ja", erwiderte Adelgunde, und sie ärgerte sich, weil ihr das Blut in den Kopf schoß, „er schreibt ein langes Lied über unsere Burg. Drei Strophen sind schon fertig."

„Unser Christoffel", erzählte Martin, „ist seit vier Tagen

und Nächten betrunken. Mein Vater hat ihm erklärt, er sei ein Taugenichts und würde nur auf unsere Kosten leben wollen. Das Gedicht, das Christoffel für uns gemacht hat, ist nämlich großer Mist. ‚Mir fällt nichts ein auf Falkenstein, das Essen könnte besser sein.‘ Das war alles.“

„Unser Sänger kann viel mehr“, trumpfte Adelgunde auf, und ihre Augen begannen zu glitzern. „Er singt großartige Lieder, und er hat eine tolle Stimme. Du wirst ihn ja nachher selbst hören.“

„Ich mach’ mir nicht viel aus Musik“, gestand Martin. „Und ich halte auch nichts von Künstlern. Vater hat recht, sie trinken nur unseren Wein und essen unser Brot. Was liegt mir an den Liedern? Man hört sie an und vergißt sie. Wozu also?“

Adelgunde kniff ihre Lippen zusammen und sagte nichts.

Martin lächelte sie an und faßte nach ihrer Hand. „Den nächsten Winter werden wir endlich zusammen verbringen, Gundelchen.“

‚Gott möge es verhüten‘, dachte Adelgunde finster.

„Wir werden es sehr gemütlich haben auf Burg Falkenstein“, murmelte Martin und bekam einen versonnenen Blick. „Und ich verspreche dir, daß ich bestimmt keinen Minnesänger aufnehmen werde. Ich werde sparsam wirtschaften. Gaukler und Dichter werden nicht mehr eingelassen, und ich werde auch nur so viele Pferde halten, wie unbedingt nötig sind.“

In Adelgunde stieg Wut hoch. „Vielleicht könntest du auch weiterhin Mäuse fangen“, sagte sie mit zuckersüßer Stimme. „Die könnte dir die Köchin dann zum Abendessen bereiten.“

Martin war fassungslos. „Aber Adelgunde!“

„Hoffentlich erstickst du an deinem Geiz“, schrie Adelgunde so laut, daß die Köpfe der anderen Leute herumruckten. Es war ihr egal. Sie raffte ihre Röcke und verließ zornig die Halle. An der Tür prallte sie gegen Michel von Wolkenheim, der gerade die Treppe heruntergekommen war, um sich in der großen Halle aufzuwärmen. In seinem Turmzimmer war es nämlich lausig kalt. Die Temperatur war ungefähr bis auf den Gefrierpunkt gesunken, und er hatte so steife Finger bekommen, daß er kaum die Gänsefedern halten konnte. Es war nur eine Frage der Zeit, wann auch die Tinte gefrieren würde.

„Na, was gibt's denn?“ fragte er, als Adelgunde gegen ihn rannte.

Das Mädchen blickte auf, erkannte, wen sie vor sich hatte, umklammerte seine Hüften und schluchzte.

„Ist was passiert?“ fragte Mike. „He, wenn du so an meine Brust nuschelst, versteh' ich kein Wort. Ich hab' sowieso Probleme mit eurer Sprache.“

„Ich werde ihn *nie* heiraten“, erklärte Adelgunde mit tränenerstickter Stimme. „Lieber stürz' ich mich vom Turm.“

Weil sie ihn so festhielt, blieb Mike nichts anderes übrig, als ihr den Rücken zu tätscheln und sie zu trösten.

„Ich find's ja auch nicht gut, daß man dich schon verlobt hat“, sagte er. „Das ist ein unsinniger Brauch. Du bist doch noch so jung, du hast das ganze Leben vor dir. Warum sich schon so früh festlegen?“

„Und man hat mich gar nicht gefragt“, schnüffelte Adelgunde. „Meine Eltern haben es einfach über meinen Kopf weg entschieden. Ach, ich bin der unglücklichste Mensch auf der Welt.“

Das war ein bißchen gelogen, denn im Augenblick fühlte sich Adelgunde gar nicht so schlecht. Sie fühlte sich sogar ausgesprochen gut. Das Glück war zum Greifen nah. Adelgunde seufzte.

„Wenn du möchtest, dann kann ich ja mal mit deinen Eltern reden“, schlug Mike vor. „Dort, wo ich herkomme, entscheiden die Frauen selbst, mit wem sie leben wollen, und ich find's ganz vernünftig so.“

Adelgundes Herzschlag setzte einen Augenblick aus. War das eine Aufforderung, ihm zu erklären, mit wem *sie* leben wollte? Adelgunde zögerte. Mike nützte die Gelegenheit, nahm ihre Arme und schob sie sanft, aber bestimmt von sich.

„Na, soll ich?“

„Was denn?“ fragte Adelgunde atemlos.

„Nun, mit ihnen reden.“

Adelgunde schluckte. „Ich fürchte, es wird nicht sehr viel Sinn haben. Meine Mutter hat sich die Verbindung mit den Falkensteinern nun mal in den Kopf gesetzt.“ Sie nahm ihren ganzen Mut zusammen und blickte Mike direkt in die Augen. „Als Ausweg bleibt mir nur die Flucht.“

Verhielte sich Michel von Wolkenheim wie in ihren Träumen, dann würde er jetzt sofort anbieten, mit ihr zusammen zu fliehen. Adelgundes Herz klopfte zum Zerspringen.

Doch Michel runzelte nur kummervoll die Stirn und sagte: „Das ist wirklich eine ganz bescheuerte Situation für dich, ich weiß.“

Tränenblind vor Enttäuschung ließ Adelgunde ihn stehen und eilte die Stufen hinauf. In ihrem Zimmer warf sie sich heulend auf ihr Bett und boxte das Kopfkissen. Hatte dieser Mann kein Herz? Verstand er nicht, was in ihr vorging? Oder war sie ganz einfach Luft für ihn?

Bis zum Abendessen hatte sich Adelgunde wieder einigermaßen im Griff. Als man sie rief, schritt sie gemessen die Treppe hinunter. Sie übersah die neugierigen Blicke, nahm an der Tafel Platz und versuchte, sich aufs Essen zu konzentrieren. Eigentlich hatte sie überhaupt keinen Appetit. Martin reichte ihr wortlos die Schüssel mit dem Geflügel. Er bemühte sich, Adelgunde dabei nicht anzusehen.

‚Er ist beleidigt‘, dachte sie. ‚Und wenn schon. Ist mir auch egal.‘

Birgitta schaute streng zu ihrer Tochter herüber. Adelgunde schlug die Augen nieder und gab vor, sich nur mit dem Fasanenflügel zu beschäftigen. Die anderen unterhielten sich laut, aber Adelgunde achtete nicht auf die Gespräche. Die Worte rauschten an ihr vorbei.

Dann betrat Michel von Wolkenheim die Halle. Er trug die Laute, stellte sich vor den grünen Wandbehang, der ein springendes Pferd zeigte, und schlug ein paar Akkorde an, um sich Aufmerksamkeit zu verschaffen. Die Tischgespräche verstummten.

„Hallo, Leute", begann Mike. „Wie ich hörte, sind heute Gäste auf der Burg. Ich werde mich daher anstrengen, damit das ganze Land von meiner Kunst spricht." Er lachte. „Erst am Nachmittag ist mir ein neues Lied eingefallen, und ich freue mich, daß ich gleich Gelegenheit habe, es vorzutragen."

‚Er sieht mich an', dachte Adelgunde. ‚Er lächelt mir zu. Das halt' ich nicht aus.' Sie umklammerte die Tischkante, um nicht aufzustehen und wegzulaufen.

Mikes Finger aber glitten flink über die Saiten.

„Wißt ihr, Leute, wen ich mein'?
Sie sitzt da und leidet Pein.
Jung ist sie, doch nicht mehr frei.
Ist es euch denn einerlei,
ob sie glücklich wird im Leben?
Wollt ihr sie dem Martin geben?"

Anselm von Falkenstein sprang vom Tisch auf, knallrot im Gesicht.

„Das ist eine bodenlose Frechheit!" schnaubte er. „Müssen wir uns das gefallen lassen?"

Martin aber fiel die Schüssel aus der Hand. Sie rollte klirrend auf den Boden.

„Künstler und Narren sagen die Wahrheit", entgegnete Mike und unbeirrt fuhr er fort:

„Wenn sie könnte, wie sie wollte,
statt zu freien, den sie sollte,
würd' sie lachen, tanzen, springen,
und mit Leib und Seele singen."

Die Melodie, die er zu dem Text spielte, war so eingängig und schon so oft erklungen, daß sich die Diener und Dienerinnen mitreißen ließen, dazu summten und im Takt klatschten.

„Na also“, sagte Mike. „Ihr seid ja alle meiner Meinung.“ Und er wiederholte den Refrain.

Martin saß totenblaß am Tisch. Die Angelegenheit war ihm sehr peinlich. Was mischte sich der fremde Sänger in Dinge ein, die ihn nichts angingen? Am liebsten wäre Martin im Boden versunken. Sein Vater Anselm aber stand nur da und schnappte angesichts von soviel Unverschämtheit nach Luft.

„Tu etwas!“ zischte Birgitta dem Herzog zu. „Er blamiert uns. Das können wir uns nicht bieten lassen.“

Eberhard sprang ebenfalls auf. Seine Hand fuhr automatisch zu seinem Schwert. Er griff ins Leere. Natürlich! Das Schwert hing wieder einmal nicht dort, wo es hätte sein sollen. So mußte allein seine Stimmkraft genügen, um den frechen Sänger einzuschüchtern.

„Michel von Wolkenheim“, rief Herzog Eberhard dröhnend, „verlaßt augenblicklich diesen Raum! Hebt Euch hinweg! Geht mir aus den Augen! SOFORT!“

Mike neigte den Kopf, seine Locken fielen ihm keck in die Stirn, seine Augen blitzten, und er deklamierte:

„Ich dicht’ und singe hier
für Essen und Quartier.
Drum tu’ ich auch zu dieser Stund’
die Wahrheit kund für Adelgund.“

Er grinste nach allen Seiten und fuhr mit normaler Stimme fort: „Egal, ob es Euch paßt oder nicht.“

Eberhard von Schreyerfels war blaurot im Gesicht vor Zorn.

„HINAUS!“

Anselm von Falkenstein zog sein Schwert. Die Schneide blitzte im Kerzenlicht auf.

Jetzt wurde Mike die Sache allmählich zu brenzlig. Einen Stich in die Brust wollte er doch nicht riskieren. Anselm

stürzte auf ihn los, aber Mike hielt ihm geistesgegenwärtig die Laute entgegen, während Adelgunde vor Angst aufschrie. Das Schwert traf wuchtig das Holz. Die Laute zersplitterte. Mike feuerte das Instrument auf den Boden, eilte zur Tür hinaus und schlug sie hinter sich zu, bevor Anselm ihm folgen konnte.

„Aufhören!“ kreischte Birgitta. „Schluß damit!“ Alles Blut war aus ihrem Gesicht gewichen. Sie rang nach Luft. „Keinen Mord und Totschlag bei Tisch!“

„Halt ein, Anselm!“ forderte Herzog Eberhard. „Die Sache geht allein mich etwas an. Ich werde mit diesem Sänger schon fertig werden!“

Anselm blieb heftig atmend stehen. Man sah ihm an, daß es ihm schwerfiel, sich zu beherrschen. „Gut, Eberhard. Es ist deine Burg, und du hast zu bestimmen, was geschieht. Obwohl ich diesem Kerl am liebsten die Ohren abgeschnitten hätte!“ Er steckte sein Schwert zurück.

Adelgunde schluchzte laut auf und warf sich quer über den Tisch.

„Laß dich nicht so gehen!“ fuhr Birgitta ihre Tochter an. „Deinetwegen findet ja das ganze Theater statt! Außerdem hängt dein Ärmel in der Krautschüssel!“

Adelgunde hob den Kopf und schaute ihre Mutter an, ohne ein Wort zu begreifen.

Peinliches Schweigen breitete sich im Raum aus. Anselm von Falkenstein kehrte an den Tisch zurück. Herzog Eberhard stapfte durch den Raum, hob die Faust und murmelte ein paar unverständliche Drohungen. Anselm legte den Arm um Martins Schultern.

„Kopf hoch, mein Sohn. Es wird sich alles regeln. Solche Unverschämtheiten brauchen wir Falkensteiner uns nicht gefallen zu lassen.“

Martins Lippen zitterten. Sein Blick irrte unsicher über den Tisch. Dann sagte er mit schwacher Stimme: „Kann ich vielleicht noch ein Stück von der gefüllten Hühnerbrust bekommen?“

Man reichte ihm die Schüssel. Adelgunde aber stand auf und wollte zur Tür.

Der Herzog trat ihr in den Weg. „Wohin?"

„In mein Zimmer."

„Kommt nicht in Frage. Du bleibst hier und wirst dich um deinen Verlobten kümmern."

Adelgunde bebte. Sie schaute über die Schulter. Martin kaute geräuschvoll auf einem Hühnerknochen herum. Birgittas Blick war stechend und befahl ihr, an den Tisch zurückzukehren. Adelgunde kam sich vor wie im Traum. Der Raum verschwamm vor ihren Augen. Kraftlos drehte sie sich um und nahm neben Martin Platz. Ihre Bewegungen waren wie die einer Marionette. In ihrem Kopf hatte nur ein einziger Gedanke Platz: ‚Er hat sich für mich eingesetzt … er hat das Lied für mich gesungen …' War das nicht die Antwort auf ihre brennende Frage?

‚Ich bin ihm also doch nicht ganz gleichgültig', dachte Adelgunde mit klopfendem Herzen.

Ihr Entschluß stand fest. Wenn der Sänger die Burg verlassen mußte, dann würde sie mit ihm ziehen.

Ein Fall für Ritter Rainald

Mike stand eine Weile in seinem eiskalten Turmzimmer und starrte in die flackernde Kerzenflamme. Seine Gefühle waren äußerst gemischt: Eine große Portion Wut, eine Portion Triumph, eine Portion Zufriedenheit und auch eine Prise Reue.

Keine Frage, sein Temperament war diesmal mit ihm durchgegangen. Sein Sinn für Gerechtigkeit hatte sich dagegen gesträubt, daß man diese Adelgunde gegen ihren Willen mit einem Mann verheiraten wollte, aus dem sich das Mädchen überhaupt nichts machte. Die Eltern sahen nur ihren persönlichen Vorteil.

Lieder waren auch dazu da, daß man Mißstände anprangerte und sich mit Dingen auseinandersetzte, die nicht in

Ordnung waren. Die *Pelicans* hatten einmal mit dem Song „You 've got only one earth" auf die Umweltzerstörung aufmerksam gemacht, und daraufhin hatte die Band üble Drohbriefe erhalten. Wer laut Kritik übte, mußte entsprechende Folgen in Kauf nehmen.

Doch daß der Abend so verlaufen würde, hatte Mike nicht ahnen können. Er hatte seine Gastgeber überschätzt. Er hatte sie für Menschen gehalten, mit denen man reden konnte. Mike hatte gehofft, sein Song werde eine Diskussion auslösen und Adelgundes Zukunft zur Sprache bringen. Statt dessen hatte dieser Anselm von Falkenstein gleich aggressiv reagiert und jedes vernünftige Gespräch verhindert. So hatte sich die Sache hochgeschaukelt. Jetzt machte sich Mike Vorwürfe. Er hätte ruhig bleiben sollen. Aber er hatte sich zu beißendem Spott hinreißen lassen. Auf diese Weise hatte er Adelgunde keinen Gefallen getan. Und er selbst hatte großen Haß und Feindseligkeit auf sich gezogen.

„Verdammt noch mal!" Mike schlug wütend die Hände gegeneinander. „Ich bin nun mal kein Speichellecker. Und wenn mich dieser Herzog nicht mehr auf seiner Burg haben will, dann gehe ich eben."

In diesem Augenblick klopfte es an die Tür. Mike erstarrte. War es Eberhard von Schreyerfels, der kam, um ihn mit dem Schwert zu durchbohren? Oder war es der wütende Anselm?

‚Die würden wohl kaum anklopfen', dachte Mike. Trotzdem sah er sich nach einem Gegenstand um, mit dem er sich notfalls verteidigen konnte. Er fand nichts anderes als seine Waschschüssel. Das Wasser darin war mit einer dünnen Eisschicht überzogen.

‚Wer mich angreift, bekommt eine kalte Dusche', dachte Mike grimmig.

Wieder ertönte das Klopfen. Ob es Martin von Falkenstein war, der von Mike Genugtuung fordern wollte?

„Herein", sagte Mike energisch und stellte sich in Position. Die Tür ging auf. Es war Rosa, eine dralle Magd.

Mike ließ die Schüssel sinken. Sein Blutdruck wurde wieder normal.

„Ja, was gibt's?"

„Euer Bad ist fertig."

„Welches Bad denn?"

„Nun, Ihr habt doch selber angeordnet, daß Ihr nach Eurem Auftritt ein heißes Bad nehmen wollt." Die Magd hob den Kopf und strahlte Mike an. „Ihr habt übrigens großartig gesungen."

„Danke", murmelte Mike. Ein Bad wäre jetzt gar nicht so schlecht. Zum einen würde er dann nicht mehr so lausig frieren, zum anderen würde er sich im heißen Wasser entspannen und konnte der Zukunft gelassener entgegenblikken.

„Euer Lied war fabelhaft", schwärmte Rosa und summte ein paar Takte von der Melodie. „Ich würde nie den Mut aufbringen, unserem Herzog die Meinung zu sagen. Ihr seid ein richtiger Held. Alle in der Burg sprechen von Euch. Sicher wird bald die ganze Gegend von Euch reden."

„Du meine Güte." Mike wußte nicht, ob er sich solchen Ruhm überhaupt wünschte.

Er folgte der Magd die Treppe hinunter in einen kleinen Raum. Dort war vor lauter Nebel kaum etwas zu sehen. In einem Holzbottich dampfte das Wasser.

„Wenn Ihr etwas braucht, dann ruft mich", sagte Rosa. „Tücher und Bürsten liegen bereit. Hier ist auch ein Stück Seife. Soll ich Euch helfen?"

„Nicht nötig." Mike wartete, bis die Magd den Raum verlassen hatte, dann entkleidete er sich und stieg ins Wasser. Es kam ihm anfangs fast zu heiß vor, doch nach einer Weile hatte er sich an die Temperatur gewöhnt und empfand das Bad als sehr angenehm. Er schloß die Augen und ließ noch einmal die vergangenen Ereignisse an sich vorüberziehen.

Da hörte er, wie die Türangeln quietschten. Mike glaubte, Rosa sei zurückgekommen.

„Ich hab' doch gesagt, daß ich allein zurechtkomme", rief er durch den Dunst. „Und das Wasser ist warm genug, du brauchst nicht nachzuschütten."

Er bekam keine Antwort. War Rosa wieder gegangen? Doch Mike hatte das Gefühl, nicht allein zu sein.

„Rosa?" fragte er laut. „Wer ist da?"

Aus den Nebelschwaden tauchte das Gesicht des Herzogs auf.

„Ich habe Burg Löwenstein lokalisiert", verkündete der Computer Archie. „Sie liegt in der Pfalz."

Es hatte eine Weile gedauert, bis er seine Daten überprüft hatte. Professor Ambrosius und die Kinder waren schon ganz unruhig geworden.

„Kannst du uns hinbringen?" fragte der Erfinder. „Wir wollen bei diesem Sängerwettbewerb auf der Burg dabeisein. Leider wissen wir nicht das genaue Datum. Es muß das Jahr 1236 sein oder etwas später. Es wird nicht so schwer sein, es herauszufinden. Der Wettbewerb wurde damals sicher überall angekündigt. Fernsehen oder Rundfunk gab's ja noch nicht."

Heike machte ein kummervolles Gesicht. „Hoffentlich finden wir Michel von Wolkenheim, bevor es zu spät ist."

„Grüßt ihn von mir", sagte Archie höflich.

„Ich hoffe nur, daß wir keine falsche Fährte verfolgen", brummte Professor Ambrosius. „Los, Archie, bring uns ins Mittelalter!"

„Sehr wohl", erwiderte der Computer.

Die Einstiegsluke glitt zu, und eine Sekunde später ging ein Zittern durch die Maschine. Sie fing an zu dröhnen. Heike hielt sich am Sitz fest und beobachtete, wie sich die Umgebung draußen veränderte. Die Räume der Bibliothek verschwanden im weißen Nebel. Die Reise in die Vergangenheit hatte begonnen ...

„Wenn wir Mike Fay nicht zurückbringen, habe ich mein ganzes Leben lang keine ruhige Minute mehr", verkündete

Michael. „Ich könnte mich ununterbrochen ohrfeigen, daß ich auf die blöde Fernbedienung gedrückt habe."

Der Professor klopfte ihm auf die Schulter. „Wir tun unser Bestes, Michael. Vielleicht haben wir ja Glück."

‚Vielleicht', wiederholte Heike in Gedanken. Keiner von ihnen wußte, was sie im Mittelalter erwartete.

‚Er will mich umbringen', schoß es Mike durch den Kopf. Er war vollkommen waffenlos. Selbst die Badebürste lag außer Reichweite. Mike schluckte. Er war eindeutig im Nachteil. Selbst wenn er sich mit seinen Händen verteidigte – ein fairer Kampf würde es nicht werden.

Er hätte damit rechnen müssen. Es war Leichtsinn gewesen, nach dem Skandal in der Halle seelenruhig ein Bad zu nehmen. Mike hatte Eberhard von Schreyerfels unterschätzt. Er hätte niemals gedacht, daß der Herzog mit meuchelmörderischen Absichten in den Baderaum eindringen und die Situation ausnützen werde.

Das einzige, was jetzt noch helfen konnte, war Schlagfertigkeit. Vielleicht konnte er seinen Gegner mit Worten fertigmachen.

„Ich wußte nicht, daß Ihr kommt, sonst wäre ich korrekt angezogen", sagte Mike laut. „Ihr habt auch nicht angeklopft, und deswegen konnte ich mir nicht mal mehr das Badetuch umhängen. Aber wenn Ihr in fünf Minuten wiederkommt, wird mein Anblick Eure Augen nicht mehr beleidigen."

„Es stört mich nicht im geringsten, daß Ihr in der Wanne sitzt", erwiderte der Herzog, und Mike glaubte zu hören, wie er mit den Zähnen knirschte.

„Solche Gespräche sind aber nicht üblich", fuhr Mike fort und hoffte, daß seine Stimme unbefangen klang. „Dort, wo ich herkomme, verhandle ich nie mit meinem Agenten oder Manager, solange ich ein Bad nehme – nicht einmal telefonisch. Gewisse Dinge brauchen einen gewissen Rahmen, findet Ihr nicht auch?"

Währenddessen fischte er im Wasser heimlich nach der Seife. Sie war ihm zuvor fortgeglitscht. Die Seife stammte aus Marseille und brannte teuflisch in den Augen, wenn man etwas davon hineinbrachte. Vielleicht konnte er dem Herzog einen Schwall Seifenwasser in die Augen spritzen …

„Hört zu“, befahl Eberhard von Schreyerfels eisig, „ich gebe Euch bis zum Morgengrauen Zeit, diese Wanne zu verlassen und Eure Sachen zu packen. Morgen früh will ich Euch nicht mehr auf der Burg sehen. Wohin Ihr geht, ist mir egal. Sobald Ihr noch ein einziges Mal Euren Fuß in diese Burg setzt, seid Ihr des Todes. Haben wir uns verstanden?“

„Ich bin ja nicht taub“, entgegnete Mike kühl.

„Ich dulde es nicht, daß Ihr meine Tochter aufhetzt oder Spottlieder auf mich und meine Familie dichtet“, sagte der Herzog. „Ich habe Euch in gutem Glauben auf meiner Burg aufgenommen, doch Ihr habt mein Vertrauen schmählich mißbraucht. Für Eure Unverschämtheiten müßte ich Euch einen Kopf kürzer machen, doch ich bin ein großherziger Mensch und gewähre Euch diese Frist.“

„Okay, okay“, murmelte Mike. „Vielleicht werdet Ihr wegen Eures großen Herzens irgendwann Großherz-og.“

„Wie?“ Der Herzog begriff nicht, daß er veralbert wurde. „Großherzog, ja. Natürlich. Das wäre schön.“ In seine Augen trat ein träumerischer Ausdruck. Er faßte sich jedoch gleich wieder, und seine Stimme wurde streng. „Also, Ihr wißt Bescheid. Bis morgen früh seid Ihr weg.“

Er machte kehrt und verschwand im Nebel. Mike hörte, wie die Tür hinter ihm zuschlug.

Bis morgen früh. Mike atmete tief aus. Nun gut, dann würde er Burg Schreyerfels eben verlassen. Irgendwie würde er sich schon durchschlagen.

Mike hielt sich die Nase zu und tauchte im warmen Wasser unter.

Die Kerze tropfte. Adelgunde starrte in die Flamme, dann wieder auf die Wachstafel, die vor ihr lag. Sie konnte nicht besonders gut schreiben, und jeder Buchstabe bedeutete eine Qual. Außerdem war es so kalt im Zimmer, daß sie kaum den Griffel halten konnte.

„Lieber Vater, liebe Mutter, wenn er geht, dann gehe ich auch. Ihr schickt ihn fort. Mein Herz gehört ihm, und ich muß mit ihm ziehen. Ich kann nicht Martins Frau werden, nie und nimmer. Lieber wäre ich tot. Verzeiht mir."

Tränen tropften auf die Wachstafel. Adelgunde wischte sie mit dem Handrücken weg. Ihr war elend zumute. Sie hatte Angst davor, die Burg zu verlassen. Immerhin war Burg Schreyerfels ihr Zuhause. Gewiß, es war oft langweilig und öde, aber die Burg bot Sicherheit und Schutz.

Draußen wartete eine ungewisse Zukunft auf sie.

Adelgunde las ihren Brief noch einmal durch. Dann kritzelte sie an den unteren Rand der Wachstafel: *„Sucht nicht nach mir."*

Die Kerze war am Verlöschen. Adelgunde nahm ihr Bündel vom Bett. Es war schwer. Aus der Küche hatte sie Vorräte entwendet. Sie würden ein paar Tage reichen. Außerdem hatte Adelgunde einige Kleidungsstücke eingepackt. Und natürlich Geldstücke und Schmuck. Sogar den Diamanten, den sie eigentlich erst zur Hochzeit erhalten sollte. Adelgunde hoffte, daß sie sich damit fürs erste durchschlagen konnten. Vor allem benötigte Michel von Wolkenheim ein neues Musikinstrument, sonst konnte er seine Kunst nicht ausüben. Die alte Laute war ja bei der Auseinandersetzung mit Anselm von Falkenstein zu Bruch gegangen.

Adelgunde seufzte. Es gab so vieles, woran sie denken mußte. Zum Glück war sie recht praktisch veranlagt. Sie warf einen Blick in den Spiegel. Er zeigte ihr eine schlanke Gestalt. Adelgunde trug rostrote Beinlinge, ein olivgrünes Hemd, darüber ein ledernes Wams. Das lockige Haar hatte sie mit einem Band – Michels Band – im Nacken zusammengebunden. Wenn sie jetzt noch eine Kappe aufsetzte, dann würde jeder Fremde sie für einen jungen Mann halten. Sie besaß eine dunkle, volltönende Stimme und würde gut

die Begleitung singen können – vorausgesetzt, Michel von Wolkenheim ließ es zu.

Das war überhaupt der springende Punkt. Wie würde er es aufnehmen, wenn sie ihm folgte? Würde er sie in die Burg zurückschicken?

„Ich kehre auf keinen Fall nach Schreyerfels zurück", sagte Adelgunde entschlossen. „Und wenn er mich nicht mitnimmt, kauf' ich ihm keine neue Laute. So einfach ist das."

Sie nickte ihrem Spiegelbild zu. Dann warf sie das Bündel über die Schulter und blies die Kerze aus. Es war finster im Raum, doch draußen graute schon der Morgen. Sie mußte sich beeilen.

Auf Zehenspitzen schlich sie die Treppe hinunter und an der Küche vorbei. Sie verließ das Gebäude durch einen Seitenausgang und rannte durch den Schnee zu den Stallungen.

Im Stall war es warm und dunkel. Der Hengst Edelstein begrüßte sie mit einem freundlichen Wiehern.

„Pst, sei ruhig“, zischte Adelgunde. „Du verdirbst sonst alles.“

In aller Eile sattelte sie ihr Pferd. Jetzt zahlte es sich aus, daß sie die Arbeit so oft selbst getan und sich nicht nur auf den Stallknecht verlassen hatte. Mit geschickten Fingern zog sie den Gurt fest, lud ihr Bündel auf, angelte sich einen Heusack und führte das Pferd in den Burghof.

Nun kam der schwierigste Teil ihrer Flucht. Sie mußte die Burg verlassen, ohne daß der Wächter Verdacht schöpfte und sie zurückschickte.

Sie saß auf. Sobald sie den vertrauten Pferdeleib unter sich spürte, wuchs ihre Zuversicht. Sie würde es schaffen. Energisch drückte sie dem Hengst die Fersen in die Seiten, warf den Kopf zurück und setzte eine entschlossene Miene auf. Der Wächter am Tor schaute sie aus schlaftrunkenen Augen an.

„Laß die Zugbrücke runter, Johann“, befahl Adelgunde in schneidendem Tonfall. „Ich will heute morgen Birkhühner jagen. Es geht um eine Wette. Alle behaupten, ein Mädchen könne nicht zielen. Ich werde ihnen das Gegenteil beweisen.“ Der Hengst tänzelte nervös, Adelgundes Unruhe übertrug sich auf das Tier. „Steh still, Edelstein! – Also bitte, Johann, tu mir den Gefallen, und laß mich durch.“

Der Wächter brummte ein bißchen mißmutig. „Es ist schon das zweite Mal heute, daß ich die Zugbrücke herunterlassen muß. Erst wegen dieses Sängers und dann deinetwegen. Na, von mir aus.“

Rasselnd senkte sich die Brücke über den Graben. Kaum lag sie, da ritt Adelgunde schon los.

„Viel Glück“, rief ihr der Wächter noch nach.

Adelgunde drehte sich im Sattel um und hob grüßend die Hand. ‚Wenn der wüßte!' dachte sie. ‚Vermutlich werden meine Eltern ihm die Hölle heiß machen, wenn sie rauskriegen, daß er es war, der mich hinausgelassen hat.'

Adelgunde ritt zügig weiter. Dabei achtete sie genau auf den Boden. Er war voller Huf- und Pferdespuren, die sowohl zur Burg hin- als auch von ihr wegführten. Welche Spur mochte wohl zu Michel gehören? Adelgunde achtete genau auf die Wegränder, um nicht zu verpassen, falls eine einzelne Fußspur abzweigte.

‚Ich hätte einen der Hunde mitnehmen sollen', schoß es ihr durch den Kopf. ‚Dann wäre es einfacher gewesen, Michel von Wolkenheim zu finden.'

Sie ritt, bis sie das Tal erreichte. Es war inzwischen völlig hell. Sicher würde man auf der Burg bald ihr Fehlen bemerken. Ob man Verfolger ausschickte? Adelgundes Herz schlug heftig. Mit einem Mal kam ihr das ganze Vorhaben total verrückt vor.

„Bin ich eigentlich wahnsinnig?" fragte sich Adelgunde und hielt an. Die Sonne stieg über den Berg. Der glitzernde Schnee blendete sie. Sie beschirmte ihre Augen. Bewegte sich dort in der Ferne nicht eine einsame Gestalt? Das konnte nur einer sein!

„Ich bin nicht wahnsinnig, sondern verliebt", stellte Adelgunde fest und lächelte. Sie trieb ihr Pferd an. „Los, Edelstein! Hol Michel ein!"

Es reimte sich sogar. War das nicht ein gutes Vorzeichen?

„Es ist ein Skandal", hauchte Birgitta von Schreyerfels und ließ die Wachstafel sinken.

Der Herzog trocknete sich die Stirn. „Mein eigen Fleisch und Blut hat nichts anderes zu tun, als sich diesem hergelaufenen Sänger an den Hals zu werfen. Wenn ich das geahnt hätte! Das verblendete Kind!"

Stöhnend ließ er sich aufs Bett sinken. Er konnte es nicht fassen, daß Adelgunde einfach ausgerissen war. Doch hier war ihr Abschiedsbrief, der Hengst im Stall fehlte ... Es war kein Irrtum möglich.

„Aus Liebe!“ schnaubte Birgitta verächtlich. „Wenn ich das schon höre! Liebe macht blind. Aus Liebe tut mancher etwas, das er nachher bereut.“ Sie dachte an die verkohlten Ruinen der Süderburg und schluckte. „Wir müssen jetzt vernünftig überlegen, was wir tun sollen. Natürlich darf die Welt nichts von Adelgundes Verschwinden erfahren. Ihr Ruf wäre für immer und ewig ruiniert.“

Zu Birgittas Überraschung schaltete Herzog Eberhard diesmal schnell. „Und was erzählen wir den Falkensteinern?“

„Daß Adelgunde sich nicht wohlfühlt und heute den ganzen Tag im Bett bleiben wird. Die Aufregung gestern abend war zuviel für sie.“

„Meinst du, die Falkensteiner nehmen uns das ab?“ meldete der Herzog Bedenken an.

„Warum nicht? Wir dürfen ihnen eben keinen Anlaß zu Mißtrauen geben. Du sagst ihnen, daß der Sänger endlich fort ist und läßt zur Feier des Tages deinen besten Wein aus dem Keller holen. Wenn wir Glück haben, dann reisen die Falkensteiner gegen Mittag ab, und wir sind diese Sorge zunächst einmal los.“

Der Herzog seufzte tief. „Und Adelgunde?“ Am liebsten hätte er sofort Leute in alle Himmelsrichtungen ausgesandt und überall nach seiner Tochter suchen lassen. Doch dann würde genau das eintreten, was Birgitta um jeden Preis verhindern wollte: Jeder hätte von Adelgundes Verschwinden erfahren.

Birgitta dachte so angestrengt nach, daß eine steile Falte auf ihrer Stirn erschien. Dann schnippte sie mit den Fingern. „Es gibt einen anderen Weg, wie wir herausfinden, wo sie sich aufhält.“ Sie blickte ihren Mann an. „Sagt dir der Name Rainald etwas?“

Herzog Eberhard schnappte nach Luft. „Meinst du Rainald den *Stecher*?“

Birgitta nickte. „Genau. Der Mann für besondere Fälle."

Herzog Eberhard dachte nach. Rainald war ein bekannter Ritter. Weil er seine Gegner beim Lanzenstechen fast immer aus dem Sattel hob, hatte er seinen Beinamen erhalten. Nur wenige Leute wußten, daß Rainald auch andere Dinge erledigte. Er hatte überall Verbindungen, und es gab kaum ein Geheimnis, das er nicht erfuhr. Gegen Bezahlung übernahm er auch unangenehme Aufträge. Alles wurde sauber und diskret in Ordnung gebracht.

„Wenn uns jemand helfen kann, dann ist er es", beharrte Birgitta. „Er wird uns Adelgunde zurückbringen, ohne daß es jemand erfährt. Seine Dienste sind zwar teuer, aber in diesem Fall ist Sparsamkeit fehl am Platz."

Herzog Eberhard nickte stumm. Es hatte ohnehin keinen Sinn, seiner Gattin zu widersprechen. Außerdem war ihre Idee gar nicht so schlecht. Rainald war der richtige Mann für diese Angelegenheit.

„Du mußt einen Boten zu ihm schicken", befahl ihm die Herzogin. „Er soll so bald wie möglich auf Burg Schreyerfels kommen. Alles weitere könnt ihr dann unter vier Augen besprechen."

Der Herzog nickte abermals. Dann bedeckte er sein Gesicht mit den Händen. Die ganze Zeit über hatte er sich zusammengenommen, aber jetzt war es aus mit seiner Beherrschung.

„Wie konnte Adelgunde uns nur so etwas antun?" schluchzte er. „Wenn ich das gewußt hätte, hätte dieser Sänger unsere Burg nicht lebend verlassen. Aber ich wollte großherzig sein."

Birgitta tätschelte ihrem Mann die Schulter. Sie fand sein Verhalten peinlich. Sollte ein Mann dem Schicksal nicht unerschrocken und stark entgegentreten?

„Verlaß dich drauf, Rainald wird auch dieses Problem lösen", sagte sie. „Aufgeschoben ist nicht aufgehoben."

Die Falkensteiner verließen die Burg, ohne Verdacht zu schöpfen, und der Herzog sandte eine Nachricht an Rainald.

Bereits eine Woche später traf der Ritter auf Schreyerfels ein. Er ritt einen großen, grobknochigen Schimmel, ein Pferd, das zwar nicht schön, aber ausdauernd und stark war. Man empfing den Ritter mit allen Ehren. Rainald sprach dem Essen und dem Wein kräftig zu, dann nahm Herzog Eberhard den Ritter zu einem persönlichen Gespräch beiseite.

„Man sagt, Ihr erledigt auch Aufträge, die ... äh ... die etwas unangenehm sind."

Rainald zuckte nicht mit der Wimper. „Es wird viel geredet", entgegnete er ungerührt.

„Ich hätte da vielleicht etwas für Euch", begann der Herzog vorsichtig. „Es muß aber unbedingt unter uns bleiben."

„Ich kann schweigen wie ein Grab", war Rainalds Antwort.

Daraufhin erzählte ihm der Herzog vom Verschwinden seiner Tochter. Rainald hörte ihm ruhig zu, ohne ihn ein einziges Mal zu unterbrechen.

„Meint Ihr, Ihr könnt uns in diesem Fall helfen?" fragte Herzog Eberhard nervös, denn er konnte den Ritter schwer einschätzen.

„Es kommt darauf an."

„Worauf?"

Rainalds rechter Mundwinkel zuckte, aber sonst blieb sein Gesicht unbewegt. „Seid Ihr wirklich so naiv?"

Der Herzog schluckte. „Am Geld soll die Angelegenheit nicht scheitern."

Rainald nannte die Summe. „Die Hälfte im voraus, die andere nach getaner Arbeit", verlangte er.

Das war ein dicker Brocken. „Und woher weiß ich, daß Ihr mich nicht betrügt?" ächzte der Herzog.

„Wort gegen Wort. Ich bin ein Ehrenmann."

„Nun gut ... äh ... einverstanden."

Ein Handschlag besiegelte das Abkommen.

Nun legte ihm Rainald seinen Plan dar. Der Herzog

staunte, mit welcher Zielstrebigkeit sein Gesprächspartner die Sache anging.

„Es wird schwierig sein, Eure Tochter zu finden. So, wie Ihr mir sie geschildert habt, kann sie in tausend Verkleidungen durch die Gegend streifen. Ich werde zwar meine Späher beauftragen, nach Adelgunde Ausschau zu halten, aber ich sage Euch gleich, daß diese Methode wahrscheinlich wenig Erfolg haben wird. Ich bin dafür, dem Liebhaber Eurer Tochter eine Falle zu stellen. Haben wir ihn, so haben wir auch Adelgunde."

„Und was für eine Falle soll das sein?" fragte der Herzog.

„Laßt einen Sängerwettstreit austragen. – Nein, nicht hier auf Burg Schreyerfels, das wäre zu plump und zu auffällig. Wählt eine Burg aus der näheren Umgebung, deren Burgherrn Ihr gut kennt. Ein Sängerwettstreit zieht bekannte und unbekannte Sänger an. Jeder will sich hervortun und den ausgesetzten Preis erringen. Ihr könnt sicher sein, daß Michel von Wolkenheim auftauchen wird – egal, ob unter richtigem oder unter falschem Namen. Ich werde ihn erkennen. Ihr habt ihn mir ja als auffallend groß beschrieben."

„Ein Sängerwettstreit", murmelte Herzog Eberhard. Die Idee gefiel ihm zwar gut, aber es würde eine teure Angelegenheit werden. Nun, er hatte ja gesagt, daß es ihm in diesem Fall nicht aufs Geld ankam. „Schön. Und was dann?"

Rainald machte schmale Augen. „Alles weitere überlaßt mir. Michel von Wolkenheim wird euch keinen Ärger mehr machen, dafür verbürge ich mich."

„Und Adelgunde?"

„Was ist sie ohne ihren Sänger? Sie wird reumütig mit Euch nach Burg Schreyerfels zurückkehren."

Wettkampf um Mike

„Nein", sagte Professor Ambrosius. „Völlig falsch, Archie. Es ist tiefster Winter. Das kann nicht sein. Kein Mensch feiert um diese Jahreszeit ein großes Fest."

Die Zeitmaschine war auf einem Hügel gelandet. Durch die Einstiegsluke wehte eisiger Wind. Heike klapperte mit den Zähnen. Auf dem gegenüberliegenden Berg sahen sie eine Burg liegen – Burg Löwenstein, wenn Archie die Raumdaten richtig berechnet hatte.

„Das Ding sieht reichlich verschlafen aus", meinte Michael. „Heute steigt da bestimmt keine Party mehr."

„Weiter, Archie", befahl der Professor. „Bring' uns ins Frühjahr – aber langsam, damit wir etwas sehen und jederzeit stoppen können."

„Sehr wohl", sagte der Computer und gehorchte.

Für die Reisenden war es irritierend und faszinierend zugleich. Es wurde hell und wieder dunkel – Tage und Nächte. Die Schneedecke wurde dünn, grüne Flecken zeigten sich, verschwanden wieder, ein Sturm fegte über die Landschaft und entwurzelte einige Bäume, zwei Füchse spielten miteinander, liefen weg und kamen kurz darauf mit drei kleinen Jungen wieder. Dann war und blieb das Gras grün und wuchs in die Höhe ...

Auf der Burg aber flatterten jetzt bunte Fahnen, und zahlreiche Leute bewegten sich auf das Tor zu.

„Halt", sagte der Professor. „Es sieht so aus, als würde sich etwas auf Löwenstein tun."

„Wenigstens ist es nicht mehr so kalt", stellte Heike fest.

„Es ist auch Mai", verkündete Archie.

In der Nähe zwitscherte eine Lerche.

„Okay, dann wollen wir uns mal umschauen", meinte Professor Ambrosius. Die Zeitreisenden stiegen aus. Moorteufel sprang schwanzwedelnd um sie herum.

„Habt ihr eure Sprachpillen dabei?" fragte der Erfinder.

„Warum?" fragte Michael. „Diesmal brauchen wir sie doch gar nicht, oder?"

„Lieber Junge, die mittelhochdeutsche Sprache ist fast wie eine Fremdsprache", gab der Professor zu bedenken. „Ohne die Pillen sind wir aufgeschmissen. Es sei denn, du hast dich zufällig mit der Entwicklung der deutschen Sprache beschäftigt."

„Hab' ich nicht", grunzte Michael und tastete nach der Kunststoffkapsel, die an einer Schnur um seinen Hals hing. Zum Glück hatten die Zeitreisenden entsprechend vorgesorgt. Mit den Sprachpillen konnte man eine fremde Sprache in Windeseile lernen. Während der Professor die Zeitmaschine in die fünfte Dimension schickte, schluckten die Kinder je eine von den giftgrünen Pillen. Zu Fuß machten sie sich dann auf den Weg zur Burg.

„Ich bin gespannt, ob wir richtig sind", murmelte der Professor. „Theoretisch könnte auch eine Hochzeit oder ein anderes Fest auf Burg Löwenstein stattfinden."

Sie blieben nicht lange allein. An der nächsten Wegkreuzung stießen sie auf zwei Männer, die in ein heftiges Gespräch verwickelt waren. Dank der Sprachpillen bekamen die Zeitreisenden mit, worum es sich drehte.

Der blonde Mann war ungefähr vierzig Jahre alt und hatte langes, glattes Haar. Er führte zwei Pferde mit sich. Eines war gesattelt, das andere trug Gepäck. Heike sah verschiedene Musikinstrumente, die zwischen Decken herausragten.

„Warum brauchst du zwei Pferde?" fragte der andere Mann. Er war wesentlich jünger, etwa in Thomas' Alter. „Du kannst doch nur auf einem reiten. Gib mir eins ab! Wir benötigen dringend ein Reittier. Wir sind nämlich zu zweit und haben nur einen Hengst."

„Und ich komme von weither und brauche unterwegs ein Pferd zum Wechseln", erwiderte der Blonde. „Außerdem siehst du ja, wieviel Gepäck ich mit mir herumschleppe."

Der junge Mann stemmte die Hände in die Hüften und blickte trotzig drein. „Ein Maultier würde es doch für das Gepäck auch tun."

„Ich liebe meine Tiere", verteidigte sich der Blonde. „Den Dicken da habe ich schon vier Jahre. Und der Schwarze hat den Teufel im Leib. Ich bin der einzige, den er auf seinem Rücken duldet. Jeder andere wird abgeworfen."

Der junge Mann schnitt eine Grimasse und zuckte mit den Achseln.

„Ich seh' schon, da ist nichts zu machen. Wie heißt du eigentlich?"

„Man nennt mich Mattias von Göttingen", stellte sich der andere vor. „Und wer bist du?"

„Adel ... Adolar vom Finsterwald." Jetzt entdeckte der junge Mann die Zeitreisenden. „Oh, da kommen noch welche."

„Scheint ziemlich voll zu werden auf der Burg." Mattias grinste.

„Hallo! Singt ihr in der Gruppe? Originelle Klamotten habt ihr, das muß man euch lassen."

„Eigentlich kommen wir nur als Zuschauer", antwortete der Professor. „Stimmt es, daß auf Löwenstein ein Sängerwettstreit stattfindet?"

Mattias nickte. „Ganz richtig. Der beste Sänger bekommt einen goldenen Rosenzweig. Natürlich hoffe ich, daß ich ihn gewinne, aber es wird schwierig sein – bei so vielen Mitbewerbern." Er lächelte Adolar an. „Christoffel von Hildesheim, Hartmut ohne Mut, Burkard vom Grund ... Dabei sind das nur die Leute, denen ich unterwegs begegnet bin."

Professor Ambrosius und Heike wechselten einen Blick.

„Es wird vermutlich eine harte Endausscheidung geben", sagte Mattias versonnen. „Hoffentlich komme ich wenigstens unter die ersten zehn Sänger. Obwohl es mir letztlich egal ist, welchen Platz ich belege. Es geht mir hauptsächlich um die Sache, nicht um den Gewinn."

„Dabeisein ist alles", bemerkte der Professor.

„Richtig", bestätigte Mattias. „Vielleicht treffe ich ein paar nette Leute oder lerne eine neue Musikrichtung kennen ... He, Dicker, wirst du wohl! Dein Futter gibt's erst, wenn wir auf der Burg sind."

Das braune Pferd schnaubte und pustete dem Mann ins Haar.

„Dann wollen wir mal", meinte Mattias und zog das Pferd am Halfter. „Komm, Dicker. Die Welt wartet auf uns und will unseren Gesang hören."

Adolar schritt neben ihm her, während der Professor und die Kinder den beiden Männern folgten. Je mehr sie sich der Burg näherten, desto größer wurde das Gedränge. Die Zugbrücke war heruntergelassen, und die Besucher konnten ein- und ausgehen. Im Burghof waren Händler dabei, ihre Stände aufzubauen. Auch Gaukler und Spielleute hatten eine Ecke für sich beschlagnahmt. Eine große Terrasse war festlich mit Tannenzweigen und Blumen geschmückt. Schon jetzt herrschte ein ohrenbetäubender Lärm. Harfen und Lauten wurden gestimmt, ein Flötenspieler übte ununterbrochen nervtötende Tonleitern, jemand stieß ins Horn, und irgendwo ertönten Trommeln. Dazwischen hörte man immer wieder die Schellen und Glöckchen der Spielleute.

„Hoffentlich finde ich noch einen Platz, wo ich meine Pferde unterstellen kann“, sagte Mattias.

„Komm mit, ich zeig dir, wo mein Hengst steht“, bot sich Adolar an, und schon waren die beiden im Gedränge verschwunden.

„Wir schauen uns erst einmal um“, meinte der Professor. „Sperrt die Augen und Ohren auf.“

Das brauchte er den Kindern nicht zweimal zu sagen. Es gab unendlich viel zu entdecken. Eine alte Frau mit wirren, grauroten Haaren huschte zwischen den Leuten hindurch. Wenn sie lächelte, sah man ihre schiefen Zähne, und in ihren Augen lag ein eigentümlicher Ausdruck, den die Zeitreisenden nicht deuten konnten. Bevor Heike reagieren konnte, hatte die Alte ihre Hand ergriffen, drehte sie mit der Handfläche nach oben und fuhr mit ihrem spitzen Fingernagel die Linien entlang.

„Willst du wissen, was dir die Zukunft bringt? – Oh, ich sehe einen großen, dunkelhaarigen Mann ... Du bist auf der Suche nach ihm ... Aber da ist Gefahr, große Gefahr ...“

Heike zog erschrocken ihre Hand zurück und starrte die Alte an. Die Frau kicherte.

„Wie? Du glaubst mir nicht? Wart's ab. Schon viele haben mir nicht geglaubt und sind dann doch gescheit geworden. Die alte Serafina sagt die Wahrheit.“

Bevor sich Heike von ihrem Schrecken erholt hatte, schlüpfte die Alte zwischen zwei Männern hindurch und tauchte im Gedränge unter.

„Du bist bleich wie ein Bettlaken“, stellte Michael fest. „Was hat die alte Hexe denn zu dir gesagt?“

„Sie hat alles gewußt“, stieß Heike hervor. „Warum wir hier sind und wen wir suchen.“

„Du glaubst doch nicht etwa diesen Mist?“ fragte Thomas.

„Sie hat von Gefahr geredet“, wiederholte Heike.

„Das deckt sich zwar mit der Bemerkung in unserem Buch, aber es kann auch Zufall sein“, sagte der Professor vorsichtig.

„Hätte sie mir lieber verraten, ob Michel von Wolkenheim wirklich Mike Fay ist oder nicht“, murmelte Heike düster.

Die Zeitreisenden schoben sich weiter durchs Gewühl. Ab und zu ernteten sie neugierige Blicke, aber niemand schien etwas Auffälliges an ihnen zu finden. Es waren so viele Leute in den unterschiedlichsten Kostümen da, daß der Professor und die Kinder nicht auffielen. Irgendwann kam ein hohlwangiger Sänger an ihnen vorbei. Er war ganz schwarz gekleidet und trug eine silberne Flöte.

„Das ist bestimmt nicht Mike“, bemerkte Michael.

„Ich glaube, die Vorstellung geht gleich los“, sagte Professor Ambrosius.

Der Sänger betrat die Terrasse. Trommeln und Schellengerassel erklangen, dann versuchte der Mann, sich Gehör zu verschaffen.

„Ich grüße den Herzog Götz und die Herzogin Leonore von Löwenstein“, rief er mit einer galanten Verbeugung. „Ich bin Hartmut ohne Mut. Und weil ich keinen Mut habe, noch länger zu warten, beginne ich mit dem Singen.“ Er spielte eine rasche, eingängige Melodie auf seiner Flöte. Dann nahm er das Mundstück von den Lippen und sang weiter.

Er hatte eine dünne Stimme. Nur die Leute, die direkt vor der Terrasse standen, konnten den Text verstehen. Das Lied drehte sich um den Herbst und das goldene Laub der Bäume. Es dauerte nicht lange, da begannen die ersten Zuhörer zu gähnen. Der Lärm, der etwas zurückgegangen war, wurde wieder lauter. Jemand warf sogar einen Pferdeapfel auf die Terrasse.

„Durchgefallen“, meinte Michael.

Aber schon stand der nächste Sänger bereit. Er nannte sich Christoffel von Hildesheim und begleitete seinen Gesang mit der Laute. Die Melodie war rhythmischer. Der Text beschrieb ein Festessen. Christoffel zählte lauter gute Speisen auf, so daß den Zuhörern das Wasser im Munde zusammenlief. Er erhielt wesentlich mehr Beifall als Hartmut ohne Mut.

„Den nächsten Sänger kennen wir", stellte Thomas fest.

Heike reckte erwartungsvoll den Hals. Mattias von Göttingen erklomm die Terrasse. Auch er begrüßte zuerst den Herzog und die Herzogin. Das Lied, das er dann sang, war sehr wehmütig und erzählte von einer Frau, die er liebte, aber nicht bekommen konnte, weil sie bereits mit einem anderen Mann verheiratet war.

„So bleibt mir nur der Sehnsucht Süße,
die lieben Briefe, ihre Grüße ..."

Leonore von Löwenstein war sichtlich gerührt. Zusammen mit dem Herzog saß sie auf einer samtüberzogenen Bank, die auf einem Podest stand. Der vergoldete Rosenzweig in Leonores Hand funkelte. Das war der Preis, der für den besten Sänger bestimmt war. Mattias verbeugte sich tief und warf der Herzogin eine Kußhand zu.

„Nicht übel", sagte Michael. „Der kommt bestimmt in die engere Wahl."

„Abwarten", meinte der Professor. „Wer weiß, wie viele Sänger sich noch beteiligen."

Heike dagegen schaute sich unruhig um. Nirgends ein Mann, der Mike Fay auch nur im geringsten ähnlich sah! Heike begann allmählich den Mut zu verlieren. Bestimmt waren sie auf einer ganz falschen Spur! Sie seufzte tief.

„Es bringt nichts, wenn wir alle nur herumstehen." Thomas dachte praktisch. „Der Professor wartet mit Heike hier vor der Terrasse. Michael und ich schauen uns auf der Burg um. In einer Stunde treffen wir uns wieder an dieser Stelle."

„Einverstanden", sagte Professor Ambrosius. „Paßt aber gut auf. Hier laufen allerlei zwielichtige Gestalten herum, und es ist nicht ganz ungefährlich für euch. Nehmt auf alle Fälle Moorteufel mit."

Mike öffnete seinen Sack und nahm die Laute heraus. Er ließ sich neben dem Hengst Edelstein auf einem Strohhaufen nieder und fing an, das Instrument zu stimmen. Die Laute war noch neu, und die Saiten verzogen sich leicht.

Mike hatte keine Eile. Es war ihm egal, wann er mit seinem Auftritt an die Reihe kam. Es waren so viele Bewerber nach Löwenstein gereist. Sollten die erst einmal singen! Wenn die *Pelicans* auf Tournee gingen, spielten auch manchmal unbekannte Gruppen im Vorprogramm. Die Hauptsache kam erst danach, und die Zuhörer wußten das. Je später der Abend, desto bedeutender die Sänger! Warum sollte es hier anders sein?

Mike summte leise vor sich hin und drehte behutsam an den Wirbeln. Nachdem er die Laute nach dem Gehör gestimmt hatte, schlug er einen Akkord an.

„Wenn ich könnte, wie ich wollte ...“

Edelstein wieherte. Mike betrachtete nachdenklich den prächtigen Hengst. Inzwischen hatte er sich mit dem Tier gut angefreundet. Es war ein langer, harter Winter gewesen. Zuerst hatte es Mike gar nicht gepaßt, daß Adelgunde ihm nachgeritten war. Er hatte sie nach Hause schicken wollen, aber das Mädchen war unglaublich stur. Adelgunde hatte gefleht, gebettelt und ihn mit Liebesbeteuerungen überhäuft. Mike hatte sie angebrüllt, an den Schultern geschüttelt und ihr die Zukunft in den schwärzesten Farben ausgemalt – es hatte alles nichts genützt.

Schließlich hatte er erschöpft nachgegeben. „Gut, du kannst bleiben. Aber bilde dir nicht ein, daß mehr draus wird. Du bist viel zu jung für mich, verdammt noch mal! Du kannst dich meinetwegen als fahrender Sänger verkleiden und mit mir reisen, wenn dich das glücklich macht, aber besonders begeistert bin ich davon nicht.“

Adelgunde hatte rasch die Augen gesenkt, aber er hatte ihre Enttäuschung natürlich trotzdem bemerkt.

„Ich bin schon froh, wenn ich in deiner Nähe sein darf“, hatte sie behauptet.

Zugegeben, ohne Adelgunde hätte er niemals den größten Teil des Winters auf Burg Himmelsblau zubringen können. Die Burg gehörte Adelgundes Tante Elisabeth. Sie war eine gütige Dame mit sehr viel Verständnis für die Probleme junger Mädchen. Sie war außerdem verwitwet. Adelgunde hatte ihr von ihrer Flucht erzählt, und Elisabeth hatte sich bereit erklärt, ihren Aufenthalt geheimzuhalten.

Sobald der Schnee geschmolzen war, hatten sie Burg Himmelsblau jedoch verlassen. Mike wollte endlich wieder singen. Er trat auf verschiedenen Burgen auf, jedesmal unter einem anderen Namen. Er nannte sich beispielsweise „Micha von Reutlingen", „Mick der Verlorene" oder ganz schlicht „Der Hannoveraner". Insgeheim fürchtete er sich vor den Nachstellungen des Herzogs, doch den ganzen Winter lang geschah gar nichts, und Mike und Adelgunde blieben unbehelligt.

Je weiter der Frühling ins Land zog, desto mehr sehnte sich Mike nach seinem früheren Leben zurück. Das frische Grün der Landschaft und der Geruch der Erde weckten in ihm unzählige Erinnerungen. Wie oft hatten er und die *Pelicans* im Freien gespielt! Mike liebte es, wenn er bei Konzerten den freien Himmel über sich hatte. Als er erfuhr, daß auf Burg Löwenstein ein Sängerwettbewerb stattfinden würde, war er nicht mehr zu bremsen gewesen. Endlich eine Chance, wieder einmal vor größerem Publikum zu spielen und zu singen!

„Du gewinnst bestimmt den goldenen Rosenzweig", hatte Adelgunde gemeint. „Dann wirst du berühmt und gehst von mir fort. Was soll ich dann bloß machen?"

„Adelgunde, wir haben schon tausendmal darüber gesprochen. Ich kann mir eine gemeinsame Zukunft einfach nicht vorstellen. Wir sind zu verschieden. Uns trennen *Welten*, wirklich. Dieses ganze Leben hier – es ist für mich nicht echt, verstehst du? Es ist alles ein Trip, und du gehörst dazu."

„Ich bin sehr wohl aus Fleisch und Blut", hatte Adelgunde beleidigt behauptet. Sie hatte ihm ihren Arm entgegengestreckt.

„Hier, ich bin zum Anfassen, wenn du's nicht glaubst."

„Ach, hör' doch auf." Mike hatte versucht, die unerquickliche Diskussion zu beenden. „Es geht einfach nicht."

„Dann such' ich mir eben einen anderen Sänger", hatte Adelgunde beleidigt erklärt.

„Such' ihn dir ruhig, das macht mir gar nichts aus."

„Aber einen netten!"

„Na, dann viel Erfolg."

Daraufhin war Adelgunde aus unerklärlichen Gründen in Tränen ausgebrochen, aber sie hatte nichts mehr gegen den Wettstreit auf Löwenstein gesagt.

Mike hatte beschlossen, diesmal unter „Michel von Wolkenheim" aufzutreten. Von all den Tarn- und Decknamen war ihm dieser irgendwie ans Herz gewachsen. Vielleicht brachte er ihm ja Glück. Nicht daß er unbedingt auf den goldenen Rosenzweig erpicht gewesen wäre – aber schön wäre es doch. Mike hatte für den Wettstreit extra ein paar neue Lieder komponiert. Das beste hatte den Titel: „Nirgendwo".

Mike ließ die Finger über die Saiten gleiten und spielte probeweise ein paar Takte.

„Es riß mich fort
von hier nach dort."

„Nicht schlecht", sagte da eine Stimme, die Mike sofort durch Mark und Bein ging. Er brach ab. Die Laute gab einen entsetzlichen Mißakkord von sich.

„Spiel ruhig weiter", sagte die Stimme. „Laß dich durch mich nicht stören. Ich höre gern Musik. Ich bin ein Verehrer von Michel von Wolkenheim."

Mike blickte auf. Er hatte ein genauso ungutes Gefühl wie damals, als bei der Band unvermutet der Steuerprüfer aufgetaucht war. Woher kannte der andere seinen Namen?

Mikes Blick wanderte an der Gestalt hoch, die vor ihm stand. Der Mann trug eine abgerissene Kutte. Die Kapuze war tief ins Gesicht gezogen, obwohl es im Stall wirklich nicht kalt war. Er hatte eine lange, schiefe Nase. Mike fühlte sich unangenehm an den ersten Überfall erinnert. Es war zwar ein anderer Mann, aber der gleiche Typ.

„Was willst du von mir?“ fragte Mike mißtrauisch.

Der Kuttenmann grinste. „Na, was wohl?“

Alles ging blitzschnell. Mike sah, wie der andere ein langes Messer aus dem Ärmel zog. Er warf sich zur Seite. So entging er dem tödlichen Stich, und die Messerklinge bohrte sich ins Stroh. Doch der Angreifer war gewandt. Er trat Mike gegen das Schienbein und landete mit seinem vollen Gewicht auf dem Sänger. Minutenlang rangen die beiden miteinander. Mike war zwar größer, aber der Kuttenmann besaß Bärenkräfte. Es gelang ihm, das Messer wieder aus dem Stroh zu angeln. Drohend schwebte die Klinge über Mike.

„Willst du noch ein Gebet sprechen, bevor deine Seele zur Hölle fährt?“

„Verdammter Mistkerl!“ Mike zog die Knie an und rammte sie dem Mann in den Bauch.

In diesem Moment kam Mattias von Göttingen in den Stall. Er war noch erhitzt von seinem Auftritt und wollte nach seinen Pferden sehen. Der Dicke machte ihm nämlich Kummer. Er fraß immer so gierig sein Futter, daß Mattias befürchtete, das Pferd werde eines Tages an Kolik eingehen. Der Verlust wäre schlimm, denn ein neues Pferd konnte sich Mattias nicht leisten. Und außerdem liebte er den Dicken.

Er hörte das Gerangel im Stroh und erfaßte geistesgegenwärtig die Situation. Mattias war beileibe kein Raufbold, der sich nur aus Spaß am Prügeln in fremde Angelegenheiten einmischte. Aber wenn jemand in Not war, dann konnte er nicht tatenlos zusehen. Das war wider sein Naturell. Und wenn ein Sangesbruder angegriffen wurde, dann mußte er ihm beistehen, egal, ob er ein Rivale beim Wettkampf war oder nicht.

Mattias zögerte also keinen Augenblick. Er warf sich von hinten auf den Angreifer und verdrehte ihm das Handge-

lenk. Das Messer fiel auf den Boden. Diesen besonderen Griff hatte Mattias einmal von einem Jugendfreund gelernt.

Der Kuttenmann buckelte wie ein störrisches Pferd und warf die Last von seinem Rücken ab. Mattias rollte auf den Boden. Er kam so hart auf, daß stoßartig die Luft aus seinen Lungen gepreßt wurde. Der Kuttenmann sprang auf und eilte zur Stalltür hinaus. Mattias kam wieder zu Atem und setzte sich auf.

„Bist du verletzt?"

Mike wühlte sich aus dem Stroh. „Ich glaube nicht. Danke für deine Hilfe. Ohne dich wär' ich erledigt gewesen."

Mattias strich sich das blonde Haar aus der Stirn, dann griff er nach dem Messer, das auf dem Boden lag. Prüfend fuhr er über die Schneide. „Verflucht scharf. – Warum hat er dich überfallen?"

„Keine Ahnung."

„Warte, ich hab' da was im Gepäck, das wird dir jetzt gut tun."

Mattias rappelte sich hoch und ging zu seinen Pferden. Kurz darauf kehrte er mit einem Weinschlauch zurück.

„Hier, trink! Das weckt deine Lebensgeister."

Mike nahm einen Schluck. Der Wein schmeckte penetrant nach Ziegenleder.

„Vielleicht steckt der Herzog dahinter", murmelte er dann.

„Wie?" fragte Mattias nach. „Götz von Löwenstein?"

„Nein. Eberhard von Schreyerfels." Mike erzählte ihm, was sich auf der Burg zugetragen hatte. Er verschwieg auch nicht, daß die Herzogstochter mit ihm reiste.

„Es ist nicht meine Schuld. Sie hängt einfach wie eine Klette an mir. Übrigens hat sie sich verkleidet und nennt sich Adolar vom Finsterwald."

„Ach", entfuhr es Mattias. „Dann ist sie der nette junge Mann, den ich vorhin getroffen habe."

„Ihre Eltern wollten sie mit einem völlig unmöglichen Typen verheiraten. Da ist sie abgehauen. Verständlich. Ich finde, die Frauen sollen ein Wort mitzureden haben, mit wem sie den Rest ihres Lebens verbringen wollen. Aber Adelgunde hat sich offenbar in den Kopf gesetzt, fortan mit *mir* zu leben." Mike seufzte.

„Und du willst nicht?"

„Nein."

„Das hört sich schlimm an."

„Ach, es ist eine furchtbar komplizierte Geschichte. Ich komme ... äh ... aus einem fernen Land und hoffe noch immer, irgendwann zurückzukehren. Dorthin kann ich Adelgunde nicht mitnehmen. Es ist alles ganz anders, und sie würde sich nie zurechtfinden. Ich hab' ihr auch keine Hoffnungen gemacht, jedenfalls nicht bewußt."

„Aha." Mattias rieb sich gedankenverloren das Kinn. „Und wann gehst du zurück?"

Mike zuckte mit den Schultern. „Das ist ja das Problem. Ich weiß es nicht."

„Bist du ein Ausgestoßener oder Geächteter in deinem Land?"

„Nein, ganz im Gegenteil. Ich bin sehr berühmt und habe unzählige Fans ... Ach, das bringt doch nichts! Ich habe mir schon x-mal den Kopf zerbrochen, warum ich hier bin. Wahrscheinlich muß erst ein Wunder geschehen, damit ich zurückkehren kann."

Mattias erkannte, daß Mike über dieses Problem nicht länger sprechen wollte. Er beschloß, nicht weiter nachzubohren, und wechselte das Thema.

„Fühlst du dich gut genug, um nachher aufzutreten?"

„Sicher." Mikes Augen verdunkelten sich. „Was habe ich schon zu verlieren? Es kann ja auch sein, daß mich ein Konkurrent ausschalten wollte, um selber den goldenen Rosenzweig einzuheimsen."

Michael lief durch den ganzen Burghof, ohne eine Spur von Mike Fay zu entdecken. Ein paar Sänger lungerten herum und warteten, bis sie mit ihrem Auftritt an die Reihe kamen.

Keiner von ihnen hatte die geringste Ähnlichkeit mit dem Rockstar.

Michael taten die Füße weh. Er beobachtete die Burgmauer und entdeckte einen Mauervorsprung. Von dort aus würde er einen guten Überblick haben. Er zögerte nicht länger, sondern zog sich an der Mauer hoch.

Er zog die Knie an und betrachtete das Geschehen unten im Burghof. In einer Ecke zeigten Schwertschlucker gerade ihre Künste. Michaels Magen krampfte sich zusammen. Er mochte gar nicht hinsehen.

Plötzlich vernahm er hinter sich das Geräusch hastiger Schritte. Michael sah aus den Augenwinkeln nur noch eine graue Kutte. Da hatte es jemand ungewöhnlich eilig! Wollte er einen noch besseren Platz ergattern?

Michaels Neugier erwachte. Sein Spürsinn zwang ihn, aufzuspringen und dem Mann zu folgen. Er kam rechtzeitig auf die Beine und sah, wie der letzte Kuttenzipfel hinter einer Ecke verschwand.

Die Sache war ungewöhnlich, denn auf der Brüstung hielt sich eigentlich niemand auf. Michael pirschte sich vorsichtig näher. Er vernahm gedämpfte Stimmen. Der Tonfall ließ ihn aufhorchen. Spannung, Aufregung, Vorwürfe – all das paßte nicht zu der eher lockeren Atmosphäre des Sängerfestes.

Jetzt war Michael so nah, daß er die einzelnen Sätze verstehen konnte. Zwei Männer sprachen miteinander.

„Ich dachte, auf dich sei Verlaß. Dabei bist du ein ausgemachter Trottel."

„Ich schwöre, Herr, ich hätte Euren Auftrag erledigt, wenn nicht dieser Kerl dazwischen gekommen wäre. Zwei Leute gegen mich, das war zuviel. Mir blieb nur die Flucht."

„Durch deine Dummheit ist Michel von Wolkenheim nun gewarnt. Wenn er mir entgeht, werde ich meinen Ruf verlieren." Gereiztheit und Überdruß schwangen in der Stimme.

Michael stellte sich auf die Zehenspitzen. Jetzt sah er die Sprecher. Der eine war ein Mann mit vollem grauem Haar.

Der andere war einen halben Kopf kleiner und hatte die Kapuze weit ins Gesicht gezogen. Michael duckte sich wieder, bevor er entdeckt wurde.

„Ich werde es selbst machen. Du bist einfach unfähig!"

„Was werdet Ihr tun, Herr?"

„Hast du vergessen, daß ich ein guter Bogenschütze bin? Von diesem Platz aus kann ich die Terrasse sehen. Ein einziger Schuß genügt. Halte mein Pferd vor dem Burgtor bereit. Kannst du das? Oder überfordere ich dich damit?"

„Ich bin ja nicht dumm, Herr."

„Was gibt es noch?"

„Was ist mit meinem Lohn, Herr?"

„Den bekommst du erst, wenn du dem Herzog Eberhard die Nachricht von Michels Tod überbracht hast."

Michael preßte sich an die Mauer, als der Kuttenmann an ihm vorüberhastete. Nur wenige Zentimeter, und der Mann hätte ihn berührt. Michaels Herz schlug heftig. Er hatte einen Mordplan belauscht! Außerdem hatte er nun die Gewißheit, daß sich Michel von Wolkenheim irgendwo auf dem Burggelände befand. Was tun? In seinem Kopf überschlugen sich die Gedanken. Sollte er weiter nach dem Sänger suchen oder Professor Ambrosius von dem Gespräch berichten? Er entschied sich für die letzte Möglichkeit. Vorsichtig kletterte Michael die Mauer herunter. Er atmete erst auf, als er sich wieder in die Menge mischen konnte.

„Du glaubst also, daß dieser Michel von Wolkenheim während seines Auftritts mit einem Pfeil erschossen werden soll?" fragte Professor Ambrosius mit hochgezogenen Augenbrauen.

Heike schaute ihren Bruder bestürzt an.

Michael nickte. „Ich hab' mich bestimmt nicht verhört."

„Hm." Der Professor rieb sich nervös das Kinn. „Böse Sache. Wenn wir ganz sicher wären, daß es sich bei diesem Michel um Mike Fay handelt, dann könnte ich schon etwas unternehmen. Es gibt zwar eine komplizierte Rechnerei, aber ich könnte auf der Terrasse ein Zeitfeld errichten. Sobald wir es mit unserer Fernbedienung aktivieren, wird der Sänger zurück nach Reutlingen versetzt."

„Und warum tust du es nicht?" drängte Heike.

„Meine Güte! Wenn wir nun den falschen erwischen? Dann haben wir einen echten Minnesänger auf der Bühne bei den *Pelicans*! Als ob wir nicht schon genug Durcheinander angerichtet hätten!"

„Aber er würde dem tödlichen Schuß entgehen", fügte Thomas hinzu.

„Richtig." Professor Ambrosius seufzte tief. „Wenn ich nur wüßte, was ich tun soll! Mir widerstreben solche Eingriffe in die Geschichte."

„Also, ich bin für das Zeitfeld", sagte Michael entschlossen.

„Ich auch", echote Heike.

„Ich ebenfalls", meinte Thomas.

„Okay, ihr habt mich überstimmt", stellte der Professor fest. Er dachte nach. „Gut, ich werde ein Zeitfeld herstellen. Wenn es Mike Fay ist, dann werden wir es aktivieren. Ist es ein fremder Sänger, dann werde ich mittels Zeitstrahl nur den Pfeil im Flug abfangen lassen und in die fünfte Dimension schicken. Das ist *die* Lösung."

„Du bist ein Genie", sagte Heike mit echter Bewunderung.

„Wart's ab. Wenn die Sache funktioniert hat, kannst du mich loben. Ich brauche jetzt eine ruhige Ecke und muß die Zeitmaschine herbeiholen. Archie soll mir bei den Berechnungen helfen, damit es schneller geht. Ich muß damit fertig sein, bevor Michel von Wolkenheim auftritt."

„Darf ich auch was tun?" fragte Michael eifrig.

„Laß mal, Junge. Archie kann es sicher besser. Oder weißt du auswendig, wie groß die Wurzel aus dreihundertfünfundsechzig ist?"

Mike war der dreiundzwanzigste Sänger. Das Interesse der Zuhörer erlahmte allmählich. Die beiden Männer, die gerade im Duett gesungen und deren Stimmen überhaupt nicht zusammengepaßt hatten, waren mit etlichen Pferdeäpfeln bedacht worden. Als Mike auf die Terrasse kam, achtete kaum jemand auf ihn. Selbst die Herzogin rutschte unruhig auf ihrem Sitz hin und her, und der Rosenzweig wäre ihr fast aus der Hand gefallen. Mike verbeugte sich.

„Ich möchte ein Lied über ein Ereignis singen, das tatsächlich stattgefunden hat."

„Stopft ihm doch die Laute ins Maul!" höhnte jemand.

Mike blinzelte. Es war nicht gerade ein ermutigender Anfang. Er schlug einen Akkord an.

„Es riß mich fort
von hier nach dort."

Offenbar hörten ihm nur die vier Leute unter der Terrasse richtig zu. Mike stutzte. Die Kleidung! Die zwei Jungen trugen Jeans! Solche Hosen gehörten bestimmt nicht ins Mittelalter! Mike wurde mit einem Mal ganz aufgeregt. Schweiß trat ihm auf die Stirn. Waren die Jeans ein Zeichen, daß sich sein Traum allmählich auflöste? Würde der Horrortrip bald ein Ende haben?

Das Mädchen! Wie sie ihn ansah! Irgendwie kam sie Mike bekannt vor. Er erwiderte ihren Blick. Dann wechselten seine Finger den Rhythmus und fanden automatisch die Melodie, die ihm so vertraut war und die er so liebte.

Das Publikum wurde aufmerksam, als ein völlig fremdartiges Lied ertönte. Der Sänger sang in einer Sprache, die kein Mensch verstand! Und erst der Takt! Da konnte keiner ruhig bleiben. Selbst den Herzog riß es von der Bank.

„Dieses Lied hat der Teufel erfunden!"

„Wie wundervoll", flüsterte Leonore von Löwenstein.

„Aber das ist ja ‚Ink of Change'", stieß Heike aus.

„‚Ink of Change'", wiederholte Professor Ambrosius und drückte auf seine Fernbedienung.

Ein Flammenkreis erleuchtete die Terrasse. Mike Fay wurde von dem Lichtschein erfaßt und in die Höhe gerissen.

„Jetzt holt ihn der Teufel", stieß der Herzog aus.

„Der Himmel greift nach ihm", hauchte Leonore. „Was für eine Melodie! Er verdient den goldenen Rosenzweig!"

Dann war Mike Fay auf einmal verschwunden. Der Lichtkreis erlosch. Ein Pfeil surrte durch die Luft und bohrte sich in den Boden, wo eben noch der Sänger gestanden hatte.

„Das Wunder", sagte Mattias von Göttingen. „Das also war es, was er gemeint hat."

Adelgunde aber warf sich schluchzend in seine Arme. „Er ist fort! Was soll ich nur tun?"

„Ich könnte dir Göttingen zeigen", meinte Mattias und tätschelte ihren Rücken. „Es ist ein schöner Ort. Die Reise lohnt sich bestimmt."

Michael aber sagte: „Du hast es geschafft, Onkel Ambrosius!"

„Langsam!" bremste der Professor Michaels Begeisterung. „Erst müßt ihr euch überzeugen, ob Mike Fay auch wirklich angekommen ist."

„Er ist noch nicht da", flüsterte Heike bang, während sie sich mit Michael und Thomas nach vorne drängte. Zum Glück waren ihre Plätze in der Konzerthalle noch frei.

Archie hatte eine Meisterleistung vollbracht. Er hatte sie mit der Zeitmaschine wieder nach Reutlingen zurücktransportiert. Seit sie das Konzert verlassen hatten, war exakt eine Viertelstunde vergangen.

„Ganz schön heikel", bemerkte Michael. „Eigentlich befinden wir uns zu diesem Zeitpunkt noch in der Bibliothek, und es gibt uns doppelt."

„Ihr werdet euch hüten, dort nachzusehen", hatte der Professor gewarnt. „Ihr geht wieder auf eure Plätze und damit basta! Wenn Archie keinen Mist gebaut hat, muß Mike Fay in Kürze auf der Bühne auftauchen. Wenn nicht, dann war alles umsonst!"

Die *Pelicans* spielten gerade den Song „Dance of the Devil". Wieder fiel es Heike auf, wie verunsichert die Bandmitglieder waren. Rolf schaute ungeduldig auf seine Uhr, und

Volker warf einen Blick hinter die Bühne. Keine Spur von Mike Fay. Volker zuckte mit den Achseln.

Michael hatte einen trockenen Hals. „Wenn er nicht bald kommt –“

Er beendete den Satz nicht. In der oberen Ecke der Bühne erschien ein Lichtrad. Man erkannte die verschwommenen Umrisse einer Gestalt. Zur gleichen Zeit quoll ein neuer Schwall goldener Nebel aus dem Bühnenboden und vermischte sich mit dem Licht.

Heike hielt die Luft an.

Als sich der Nebel verzog, stand Mike Fay auf der Bühne. Er trug rostfarbene Beinlinge und eine bestickte Weste. In der Hand hielt er keine Elektrogitarre mehr, sondern eine mittelalterliche Laute. Das Publikum stampfte vor Begeisterung.

„Hallo, Fans“, sagte Mike sichtlich verwirrt. „Hier bin ich wieder.“

Er lächelte und strich sich die Locken aus dem Gesicht. Das Haarband hatte er unterwegs verloren. Dann schlug er einen kräftigen Akkord an.

„Leute, habt ihr ’ne Ahnung, was ein Horrortrip ist? Soll ich euch ein Lied davon singen?“

ZEIT MASCHINE
zm
MAGAZIN
Geheiminformation
für ZM Leser
VON MARLIESE AROLD

Lieber ZM-Leser

na, hat Dir die Geschichte gefallen? Willst Du jetzt auch mit der Zeitmaschine aufregende Abenteuer erleben? Ich schon! Denn in einer fremden Epoche gibt es viele merkwürdige und interessante Sachen zu entdecken! Wetten, daß nicht einmal Dein Lehrer alles weiß? Klar, er ist ja nicht ARCHIE, der Computer, und kein Mensch kann alles im Kopf behalten! Außerdem kann man's hier nachlesen ...

Viel Spaß wünscht Dir Deine

Marliese Arold

A*derlaß:*

Einem Patienten wird eine größere Blutmenge entnommen. Diese Maßnahme wurde im Mittelalter bei vielen Krankheiten angewandt, weil man sich dadurch eine Besserung versprach.

A*kupunktur:*

eine aus China und Japan stammende Methode, Nadeln in bestimmte Körperteile zu stechen, um damit eine Besserung der Beschwerden zu erzielen.

B*enedikt von Nursia:*

geboren um 480 in Nursia, gestorben wahrscheinlich 547 in Montecassino. Er gilt als Begründer des Mönchtums und stellte zahlreiche Regeln auf, was Mönche tun bzw. unterlassen sollten.

B*lutegel:*

Sie gehören zu der Ordnung der Ringelwürmer. Einige Arten saugen Blut und werden zum Aderlaß verwendet. Der Medizinische Blutegel wird bis zu 15 cm lang und kann bis zu 15 Kubikzentimeter Blut aufnehmen. Wenn ein Blutegel angesetzt wird, blutet die Wunde noch einige Stunden nach, denn im Speichel des Tiers befindet sich Hirudin. Das ist ein Stoff, der die Gerinnung des Blutes verhindert.

G*aukler:*
altertümlicher Ausdruck für Akrobaten und Artisten auf Jahrmärkten.

G*ermanistik:*
Lehre von der Entwicklung der deutschen Sprache und Literatur.

H*artmann von Aue:*
um 1160–1220. Neben Minnelyrik dichtete er die Romane „Erec“ und „Iwein“.

M*inne:*
mittelalterlich Bezeichnung für die Verehrung, die ein Ritter einer adeligen Dame (hohe Minne) oder einem nichtadeligen Mädchen (niedere Minne) entgegenbrachte. Minne kann nicht gleichgesetzt werden mit Liebe. Sie war eine ritualisierte Form der Liebeswerbung und zielte nicht unbedingt auf „Erfüllung“.

M*innesang:*
Hauptteil der Lyrik des Mittelalters. Der Minnesang wurde zur Fidel oder Harfe (od. ähnl.) vorgetragen. Der Sänger komponierte und dichtete seine Lieder meistens selbst.

M*ittelhochdeutsch:*
Bezeichnung für die deutsche Sprache, die ca. zwischen 1050 und 1350 gesprochen wurde.

N*eidhart aus dem Reuental:*
seine Schaffenszeit liegt zwischen 1200 und 1240. Neidhart machte sich über die „normale“ Minnelyrik lustig und schuf deftige Schwänke und Raufliedern.

N*ovize:*
Mönch während der Probezeit.

***P**ergament:*

Schreibmaterial, das aus Tierhaut gewonnen wird. Sehr haltbar.

***S**emester:*

Studienhalbjahr.

***S**pital:*

Hospital, Krankenhaus.

***V**esper:*

Abendgottesdienst.

***W**alther von der Vogelweide:*

ca. 1170 bis ca. 1230. Bekanntester mittelalterlicher Dichter. Er schuf neben Minneliedern auch religiöse und politische Dichtungen.

***W**olfram von Eschenbach:*

Von seinem Leben ist kaum etwas bekannt. Sein wichtigstes Werk ist der „Parzifal". Neben Walther von der Vogelweide gilt er als einer der wichtigsten mittelalterlichen Dichter.

PROFESSOR
AMBROSIUS'
TROPFSTEINHÖHLE
alter Steinbruch
Fledermäuse
Archies Kontrollpunkt
Eingang